夏目漱石、現代を語る

漱石社会評論集

夏目漱石 著　小森陽一 編著

JN166714

角川新書

目次

序　時代と漱石は格闘する――夏目漱石の文明批評……7
漢学と英語／認識的要素（F）と情緒的要素（f）／Fは二元論を超える／「対西洋の拠点の発見」

第一章　道楽と職業……15
一　夏目漱石は覚悟する――「道楽と職業」（一九一一・八・一三）……46
見せかけの二項対立を非対称化する／孤立を深める時代の病理、それを克服するのが「文学」だ／私は私を本位にする

第二章　現代日本の開化……55
二　皮相的な社会へ抗す――「現代日本の開化」（一九一一・八・一五）……87
「開化」という概念を、改めて定義してみる／「快」のために凝らされ

る「工夫」と「趣向」／「横着心の発達した便法にすぎない」／「辣腕な器械力」が日本を変えた／「皮相上滑りの開化である」

第三章　中味と形式……97

三　権力と個人は対峙する――「中味と形式」（一九一一・八・一七）……125
門外漢も専門家も単純化に陥る／漱石は「当局者」を肯定しているわけではない／命がけの「形式」との対峙

第四章　文芸と道徳……131

四　上からの道徳に抗う――「文芸と道徳」（一九一一・八・一八）……160
文芸と道徳は二項対立にならない／自然主義文学批難を批判する／以前と以後、それぞれの「道徳」／過去現在から未来を見通す

第五章　私の個人主義……169
五　イデオロギーを超える――「私の個人主義」（一九一四・一一・二五）……211
第一次大戦中の講演／「私」という一個人の生まれ方／ナショナリズムの単純化を拒む／他者の「個性」を抑圧するなという警告／人種差別主義も偏狭な自己中心主義も乗り越える
あとがきにかえて――漱石の抵抗と私の運動……221
日本近代文学者として、「九条の会」事務局長として／『吾輩は猫である』第六章の意味／憐むべき文明の国民／「自己本位」は帝国主義に抵抗しつづける

序　時代と漱石は格闘する――夏目漱石の文明批評

（小森陽一）

漢学と英語

漱石夏目金之助《そうせきなつめきんのすけ》が新聞連載小説家としてだけではなく、常に文明批評家としても論じられてきたのは、やはり彼の文学的出発点に『文学論』があったからだ。ロンドン留学中に学んだ「英語にいはゆる文学」について、文学史的に体系化するだけでなく、そもそもある文学表現が、なぜ読者の心に働きかけるのかを、日本に帰ってからの帝国大学の講義で、夏目金之助は徹底して理論化しようとしたのであった。

日本の「文明開化」「富国強兵」政策の、一つのひな型としての大英帝国が生みだした「英文学」と理論的に対峙《たいじ》する中で、夏目金之助は「文学」表現がどのように実現するのかを論理的に解明し、なぜ自分がこの言語表現を「文学」として認定するのかを、原理的に説明しようとしたのである。

『文学論』の「序」において、夏目金之助は「英文学に欺かれたるがごとき不安」を抱いて大学を卒業し、「松山」から「熊本」に行き、遂に「ロンドン」まで「来て」、根源的な問いを抱いたと告白する。「漢籍において」は、それほど「学力」があるわけではないが、「十分これを味ひうる」と「自信」を持っているが、「英語」も「学力」としてはそれほど育っていないのに、どうしても好きになれない。その理由について金之助はこう考えた。

学力は同程度として好悪のかくまでに岐《わ》かるるは両者の性質のそれほどに異なるがためならずんばあらず、換言すれば漢学にいはゆる文学と英語にいはゆる文学とはたうてい同定義の下《もと》に一括しうべからざる異種類のものたらざるべからず。

「漢学」と「英語」という非対称な対立のさせ方こそ、漱石の論理の要《かなめ》である。「漢学」とは清《しん》の学者が提唱した漢《かん》や唐《とう》の漢籍についての訓詁《くんこ》的考証学のことである。また同時に、日本における中国についての学問の総称でもある。したがって「漢学にいはゆる文学」とは、儒学を中心とした、政治と歴史と道徳をめぐる言語表現の体系だったということになる。

事実「少時好んで漢籍を学」んだという夏目金之助にとっての「文学」は、「左国史漢」だったと、先の引用の直前で述べている。「左」とは『春秋左氏伝』、「国」は『国語』、「史」は『史記』、「漢」は『漢書』で、いずれも中国の古くから有名な歴史書にほかならない。

それに対して「英語にいはゆる文学」は、金之助が学んできた教育の場での経験に即せば、シェークスピアの戯曲であり、ワーズワース、シェリー、キーツ、コールリッジなどの詩であった。内容はもとより、ジャンルから考えても、「左国史漢」とは決定的に異なる世界であったのだ。もちろんイギリス留学後、ブロンテ姉妹やジョージ・エリオットをはじめとする、女性作家たちの小説も読んでいる。「漢学にいはゆる文学」の世界とは、さらに異なっている。一九世紀までのアジア漢字圏で二千年以上共有された「漢学にいはゆる文学」と、大英帝国が七つの海を支配するようになってから世界化した「英語にいはゆる文学」との対立の中で、「漢学」と「英語」という非対称性において、金之助は「根本的に文学とはいかなるものぞといへる問題」について、「自己本位」に取り組んだのである。

認識的要素（F）と情緒的要素（f）

「自己本位」に「文学」とは何かを考えるのだから、他人が書いた「文学書を行李《かうり》の底に収め」、「心理的に文学はいかなる必要あって、この世に生れ、発達し、頽廃するかを極《きは》めんと誓」ったのであり、「社会的に文学はいかなる必要あって、存在し、隆興し、衰滅するかを究《きは》めんと誓」ったのだ。

「ロンドン」で獲得した「自己本位」に基づいて、厖大《ぼうだい》な数の心理学と社会学の書物を読み、「蠅頭《ようとう》の細字」で「五六寸の高さに達した」「留学中」の「ノート」を基に、帰国後東京大学で講義をした内容をまとめたものが『文学論』である。その冒頭は次のように書き出されている。

およそ文学的内容の形式は（F＋f）なることを要す。Fは焦点的印象または観念を意味し、fはこれに付着する情緒を意味す。されば上述の公式は印象または観念の二方面すなはち認識的要素（F）と情緒的要素（f）との結合を示したるものといひうべし。

この認識こそが「私の個人主義」における、「多年のあいだ懊悩《おうのう》した結果ようやく自分の鶴嘴《つるはし》をがちりと鉱脈に掘り当てた」「自分の進んでゆくべき道」だったのだ。この『文学論』の冒頭は、まさに漱石夏目金之助ただ一人の「私」にしか把握されることのなかった、「文学」の定義として結実している。

Fは二元論を超える

『文学論』における（F＋f）という式を理解するためには、一つひとつの記号の概念を確認する必要がある。「Fは焦点的印象または観念」と定義されている。

「印象」はインプレッションだから、身体的知覚感覚器官が外界との接触でとらえた刺激を、末梢《まつしよう》神経としての知覚神経が中枢神経系としての脳に伝えた知覚感覚情報の総体である。「観念」とはイデアであり、真理や愛、あるいは神など、外界で知覚感覚的に認知できないような、抽象的な概念を中心として、言語という記号を媒介にして表象する領域である。

したがって「F」は限りなく知覚感覚的経験に近い「印象」領域から、限りなく記号的概念性に抽象された領域の間の、中枢神経における認識の段階的変化（グラデーション）の値ということになる。

「F」には、身体と精神が二元的に対立させられるような、デカルト以来のヨーロッパ的な知の枠組みではありえなかった理論的枠組みの特異性がある。「印象」「と」「観念」を中枢神経としての脳内現象として、「または」という接続詞で同じ位相のもとに置くことに、『文学論』の独自性があるのだ。

「F」が「印象」と「観念」の間をゆらぐ意識の連続的な運動の「焦点」だとすると、「文学的内容」の場合、かならずそれに「付着する情緒」としての「f」が伴っているのだ。先の引用の直後に、夏目金之助は「印象および観念」の様態を「三種」に「大別」している。「三角形の観念」のように、「Fありてfなき場合」と「理由なくして感ずる恐怖」のように「fのみ存在して、それに相応すべきFを認めえざる場合」以外は、言語表現としての「Fに伴なうてfを生ずる」のであり、これが「文学的内容」を（F＋f）として構成するのだ。

「文学的必要」としての（F＋f）という式は、「印象または観念」が「情緒」に、逆に「情緒」の在り方が「印象または観念」の受けとめ方に相互作用を及ぼしていることを示している。

したがって「f」が「情緒」である以上、一つの「文学的内容の形式」が読者の意識内容に現象する時と場合と、読者の意識が置かれている文脈に応じて、きわめて多様で、かつ読者一人ひとりの個別性と特異性を帯びることになる。「文学的内容の形式」としての「（F＋f）」は、原理的に「自己本位」において現象するということにほかならない。そして「自己本位」性は何より「＋」という記号に強く現れている。

（F＋f）という式から、「F」と「f」をそれぞれ独自に問題にするときは「認識的要素（F）と情緒的要素（f）」とに記述されている。つまりそれぞれ独立した「要素」として問題にされるときは括弧がつけられているのである。「要素」としての（F）と（f）は、それぞれにおいて全体的で全一的なものである。同時に「F」と「f」が、「文学的内容の形式」として個別性（インディヴィデュアリティ）と単独性（シンギュラリティ）の相を生きる読者の意識において、（F＋f）として結合された場合、括弧が外側につけられているように、両者は個別的で単独的な読者の「自己本位」における不可分な相互関係を持つ、全体性と全一性において結合されている。

「対西洋の拠点の発見」

三好行雄《みよしゆきお》は、漱石の「自己本位」は、「他人本位に対する個人主義の自覚として、西欧近代の理念と通底する側面も否定できない」としつつ、「英文学者としての漱石にとって、自自己本位の発見は西洋人の受売りをしないために日本人としての見識を確立」する、「いわば対西洋の拠点の発見にほかならなかった」とも述べている。だからこそ「自己本位」の「自己は自我などという、西洋風な形而上の観念では包みきれない奥ゆきと拡がりをもっていたはずである」という可能性を読み取っていた。

「自己本位」の「奥ゆきと拡がり」とは、とりも直さず、漱石夏目金之助という一人の読者が、どのように一つの文学表現をすぐれていると判断するのかということへの、理論的な解明と説明ができるかどうかなのだ。

そうした漱石の理論的思考の過程をわかりやすく提示しているのが「修善寺《しゅぜんじ》の大患」後に行われていく、一連の講演である。本書においては、五つの講演を、それぞれのテーマに即して解説しながら、漱石における百年後の理論的可能性を明らかにしたい。

第一章　道楽と職業

たゞいまは牧君(1)の満州問題――満州の過去と満州の未来というような問題について、たいへん条理の明《あきら》かな、そうして秩序のよい演説がありました。そこで牧君の披露《ひろう》によると、そのあとへ出る私は一段と面白《おもしろ》い話をするというようになっているが、なか〳〵牧君のように旨《うま》くできませぬ。ことに秩序がなかろうと思う。たゞいま本社の人が明日の新聞に出すんだから、講演の梗概《こうがい》を二十行ばかりにつゞめて書けという注文でしたが、それは書けないと言って断ったくらいです。それじゃア饒舌《しゃべ》らないかというと、現にこうやって饒舌りつゝある。饒舌ることはあるのですが、秩序とかなんとかいうことが、ハッキリ句切《くぎ》り(2)が付《つ》いて頭に畳《たゝ》み込んでありませぬから、あるいは前後したり、混雑したり、いろ〳〵お聴《き》きにくいところがあるだろうと思います。ことにあなたがたの頭もだいぶ労《つか》れておいででしょうから、まずなるべく短《みじ》かく申そうと思う。

私の申すのは少しもむずかしいことではありません。満州とか安南(3)とかいう対外問題とは違ってごくやさしい「道楽と職業」というしごく簡単なみだしです。内容もしたがって簡単なものであります。まあそれをちょっとわずかばかりお話をしようと思う。

元来こんな所へ来て講演をしようなどとはまったく思いもよらぬことでありましたが、「ぜひ出て来い」とこういうわけで、それではなにか問題を考えなければならぬからその問題を考える時間を与えてくれと言いましたら、社のほうでは宜《よろ》しいといって相応の日子を与えてくれました。ですから考えてこないということもいえず、出てこないということもむろんいえず、それでとう〳〵こゝへ現われることになりました。けれども明石《あかし》という所は、海水浴をやる土地とは知っていましたが、演説をやる所とは、昨夜到着するまでも知りませんでした。どうしてあゝいう所で講演会を開くつもりか、ちょっとその意を得るに苦しんだくらいであります。ところが来てみると非常に大きな建物があって、あそこで講演をやるのだと人から教えられてはじめてもっともだと思いました。なるほどあれほどの建物を造ればその中で講演をする人をどこからか呼ばなければいわゆる宝の持腐《もちぐさ》れになるばかりでありましょう。したがって西日がカン〳〵照って暑くはあるが、せっかくの建物に対しても、あなたがたは来てみる必要があり、また我々は講演をする義務があるとでもいおうか、まアあるものとしてこの壇上に立ったわけである。

そこで「道楽と職業」という題。道楽といいますと、悪い意味に取るとお酒を飲んだり、またはなにか花柳社会(4)へ入《はい》ったりする、俗に道楽息子《どうらくむすこ》といいますね、ああいう息子のする仕《し》業《わざ》、それを形容して道楽という。けれども私のこゝでいう道楽は、そんな狭い意味で使うのではない、もう少し広く応用の利《き》く道楽である。善《よ》い意味、善い意味の道楽という字が使えるか使えないか、それは知りませぬが、だん〳〵話してゆくうちに分《わか》るだろうと思う。もし使えなかったら悪い意味にすれば それで宜いのであります。

道楽と職業、一方に道楽という字を置いて、一方に職業という字を置いたのは、ちょうど東と西というようなもので、南北あるいは水火、つまり道楽と職業が相闘《あいたゝか》うところを話そうと、こういうわけである。すなわち道楽と職業というものは、どういうように関係して、どういうように食い違っているかということをまず話して――もっともその道楽も職業も、すでに御承知のあなたがたにそういうことをいう必要もなし、私もしいてやりたくはないが、しかし前申《ぜん》したような訳でわざ〳〵出てきたものだから、そこはあなたがたにすでにお分りになっている程度以上に、一歩でももう少し明かに分らせることが、私の力でできればそれで私の役目は済《す》んだものとない〳〵高《たか》を括《くゝ》っているのであります。

それで我々は一口によく職業といいますが、私このあいだも人に話したのですが、日本に今職業が何種類あって、それが昔に比べてどのくらいの数に殖《ふ》えているかということを知っている人は、おそらくないだろうと思う。現今の世の中では職業の数は煩雑になっている。私はかつて大学に職業学という講座を設けてはどうかということを考えたことがある。建議しやしませぬが、たゞ考えたことがあるのです。なぜだというと、多くの学生が大学を出る。最高等の教育の府を出る。もちろん天下の秀才が出るものと仮定しまして、そうしてその秀才が出てからなにをしているかというと、なにか糊口《ここう》の口がないかなにか生活の手蔓《てづる》はないかと朝から晩まで捜して歩いている。天下の秀才をなにかないかなにかないかと血眼《ちまなこ》にさせて遊ばせておくのは不経済の話で、一日遊ばせておけば一日の損である。二日遊ばせておけば二日の損である。ことに昨今のように米価の高い時はなおさらの損である。一日も早く職業を与えれば、父兄も安心するし当人も安心する。国家社会もそれだけ利益を受ける。それで四方八方良《よ》いことだらけになるのであるけれども、その秀才が夢中に奔走して、汗をダラ〳〵垂《た》らしながら捜しているにもかゝわらず、いわゆる職業というものがあまりないようです。あまりどころかなか〳〵ない。今いうとおり天下に職業の種類が何百種何千種あるか分らないくらい分布配列されているにかゝわらず、どこへでも融通が利《き》くべきはずの秀才が懸《けん》命《めい》に馳《か》け回っているにもかゝわらず、自分の生命を託すべき職業がなかなかない。三か月も四か月も遊んでいる人があるのでこれは気の毒だと思うと、あに計らんやすでに一年も二年もボンヤリして下宿に入《はい》って為《な》すこともなく暮しているものがある。現に私の知っている者のうちで、一年以上も下宿に立《た》て籠《こも》って、いまだに下宿料を一文も払わないで茫然《ぼうぜん》としている男がある。もっとも下宿のほうでも信用しているから貸しておくし、当人もどうかなるだろうと思って安心はしているらしいが国家の経済からいうとずいぶん馬鹿《ばか》気《げ》た話であります。私も多少知っている間柄《あいだがら》だから気の毒に思って、職業はないか職業はないかくらい人に尋ねてみるが、どこにもそういう口が転《ころ》がっていないので残念ながらまだそのまゝになっています。けれども今いうとおり職業の種類が何百とおりもあるのだから、理屈からいえばどこかへ打付《ぶつ》かってしかるべきはずだと思うのです。ちょうど嫁を貰《もら》うようなもので自分の嫁はどこかにあるにきまってるし、また向《む》うでも捜しているのは明らかな話だが、つい旨くゆかないといつまでも結婚が後《おく》れてしまう。それと同じでいくら秀才でも職業に打付《ぶつ》からなければしようがないのでしょう。だから大学に職業学という講座があって、職業は学理的にどういうように発展するものである。またどういう時世にはどんな職業が自然の進化の原則として出てくるものである。と一々明細に説明してやって、たとえば東京市の地図が牛込区《うしごめく》(5)とか小《こ》石川区《いしかわく》とか何区とかハッキリ分ってるように、職業の分化発展の意味も区域も盛衰も一目の下に瞭然《りょうぜん》会得できるような仕掛《しかけ》にして、そうして自分の好きなところへ飛び込ましたらまことに便利じゃないかと思う。まあこれは空想です。実際やってみないから分らぬが、おそらくできますまい。できたら宜《よろし》かろうと思うだけです。非常に経済なことにはなるでしょう。

こんな考《かんがえ》を起すほどに私は今の日本に職業が非常にたくさんあるし、またその職業が混乱錯雑しているように思うのです。現にこのあいだも往来を通ったら妙な商売がありました。それは家とか土蔵とかを引きずってゆくという商売なんだから私は驚いたのであります。この公会堂をこのまゝ他の場所へ持ってゆくという商売です。いくら東京に市区改正が激《はげ》しく行われたって、そう毎年建てたばかりの家の位置を動かさなければならぬというように変化していやアしない。現に私の家などは建った時から今日まで市区改正に掛《か》らずにいる。よほど辺鄙《へんぴ》な所にあるのだからでしょう。けれどもたとい繁華な所にいたって、そう始終家を引《ひ》ッ張《ぱ》ッてッてもらわなければならぬという人はない。しかるにそれを専門に商売にしている者があるから、東京は広いと思ったのです。馬琴《ばきん》の小説には耳《みゝ》の垢取《あかと》り長官《ちようかん》(6)とかいう人がいますが、他《ひと》の耳垢を取ることを職業にでもしていたのでしょうか。西洋には爪《つめ》を綺麗《きれい》に掃除《そうじ》したり恰好《かつこう》をよくするという商売があります。近ごろ日本でも美顔術といって顔の垢を吸出してみたり、クリームを塗抹《とまつ》してみたりいろ〳〵の化粧をしてくれる専門家が出てきましたが、あゝいう商売はおそらく昔はないのでしょう。今日のように職業が芋《いも》の蔓《つる》見たようにそれからそれへと延びていっていろ〳〵種類が殖《ふ》えなければ、美顔術などという細かな商売は存在ができなかろうと思う。もっとも昔はかえって今にない商売がありました。私の幼少の時は「柳の虫や赤蛙《あかがえる》(7)」などと言って売りに来た。何にしたものか今はたゞ売声《うりごえ》だけ覚えています。それから「いたずらものはいないかな(8)」と言って、旗を担《かつ》いで往来を歩いてきたのもありました。子供《こども》の時分ですからその声を聞くと、ホラ来たと言って逃げたものである。よく〳〵聞いてみると鼠取《ねずみと》りの薬を売りに来たのだそうです。鼠のいたずらもので人間のいたずらものではないというのでやっと安心したくらいのものである。そんな妙な商売は近ごろとんとなくなりましたが、締括《しめくゝ》った総体の高からいえば、どうも今日のほうが職業というものはよほど多いだろうと思う。単に職業に変化があるばかりでなく、細かくなっている。現に唐物屋《とうぶつや》というものはこのあいだまでなんでも売っていた。襟《えり》とか襟飾《えりかざ》りとかあるいはズボン下、靴足袋《くつたび》(9)、傘《かさ》、靴《くつ》、たいていなものがありました。身体《からだ》へ付けるいっさいの舶来品を売っていたといっても差支《さしつかえ》ない。ところが近ごろになるとそれが変ってシャツ屋はシャツ屋の専門ができる、傘屋は傘屋、靴屋は靴屋とちゃんと分れてしまいました。靴足袋屋……これはまだ専門はできないようだが、いまにできるだろうと思います。現に日本の足袋屋は専門になっています。十文のを呉れと言えば十文のを呉れる、十一文のを呉れろと言えば十一文のを呉れる。私が演説を頼まれて即席に引受《ひきう》けないのは、足袋屋みたいにちょっと出来合《できあ》いがないからです。どうか十文の講演をやってくれ、あそこは十一文甲高《こうだか》(10)の講演でなければ困るなどと注文される。そのくらいに私が演説の専門家になっていれば訳はありませんが私のお手際《てぎわ》はそれほど専門的に発達していない。素人《しろうと》が義理に東京からわざ〳〵明石辺までやってくるというくらいの話でありますから、なか〳〵そう旨くはいきませぬ。足袋屋はさて置いて食物屋《たべものや》のほうでもチャンとした専門家《うち》があります。たとえば牛肉も鳥の肉も食わせるところがあるかと思うと、牛肉ばかりの家があるし、また鳥の肉でなければ食わせないという家もある。あるいはそれがいちだん細かくなって家鴨《あいがも》よりほかに食わせない店もある。しまいには鳥の爪だけ食わせるところとか牛の肝臓だけ料理する家ができるかもしれない。分れてゆけばどこまでゆくか分りません。こんなに劇《はげ》しい世間だからしまいにはたいへんなことになるだろうと思う。とにかく職業は開化が進むにつれて非常に多くなっていることが驚くばかり目につくようです。ところがこれは当《あた》り前《まえ》のことで学問の研究のうえから世の中の変化とでもいいましょうか、漠然《ばくぜん》たる社会の傾向とでもいいましょうか、必然の勢《いきおい》そういうように割れて細かになってくるのであります。これはなにも私の発明した事実でもなんでもない、昔から人のいっていることであります。昔の職業というものはおおまかで、なんでも含んでいる。ちょうど田舎《いなか》の呉服屋みたいに、反物《たんもの》を売っているかと思うと傘を売っておったり油も売るという、何屋だか分らぬ万事一切を売る家というようなものであったのが、だん〳〵専門的に傾いていろ〳〵に分れる末はほとんど想像が付かないところまで細かに延びてゆくのが一般の有様《ありさま》といって差支ないでしょう。

ところでこの事実をずっと想像に訴えて遠い過去に溯《さかのぼ》ったらどうなるでしょう。あるいは想像でも溯れないかもしれないけれども、この事実のうちに含まれている論理の力で後《うし》ろの方へ逆行したらどんなものでしょう。今いうとおり昔は商売というものの数が少なかった。職業の数が少なくって、世間の人もその僅《わず》かな商売をもって満足しておったというわけなのだから、あるいは傘を買いに行っても傘がない、衣物《きもの》を買いに行っても衣物がないという時代がないとも限らない。私はかつて熊本《くまもと》におりましたが、ある時灰吹《はいふき》(11)を買いに行ったことがある。ところが灰吹はないと言う。熊本中どこを尋ねてもないかといったらないだろうという。じゃ熊本では煙草《たばこ》を喫《の》まないか痰《たん》を吐かないかというと現に煙草を喫んでいる。それでは灰吹はどうするんだと聞くと、裏の藪《やぶ》へ行って竹を伐《き》ってきて拵《こしら》えるんだと教えてくれました。裏の藪から伐ってきて、青竹の灰吹で間《ま》に合《あわ》しておけば宜いと思っている所では灰吹は売れないわけである。したがって売っているはずがないのである。そういうふうに自分で人の厄介《やっかい》にならずに裏の藪へ行って竹を伐って灰吹を造るごとく、人のお世話にならないで自分の身の囲《まわ》りをなるべく多く足す、また足さなければならない時代があったものでしょう。さてその事実を極端まで辿《たど》ってゆくと、一切万事自分の生活に関したことは衣食住ともいかなる方面にせよ人のお蔭《かげ》を被《こうむ》らないで、自分だけで用を弁じておった時期があり得《う》るという推測になる。人間がたった一人《ひとり》で世の中に存在しているということは、ほとんど想像もできないかもしれないし、またそこまで論理を頼りに推詰《おしつ》めて考える必要もない話ですが、そこまでゆかないとちょっと講話にならないから、まあそうしておくのです。すなわち誰のお世話にもならないで人間が存在していたという時代を思い浮べてみる。たとえば私がこの着物を自分で織って、この襟を自分で拵《こしら》えて、すべて自分だけで用を弁じて、なにも人のお世話にならないという時期があったとする。またあったとしても宜いでしょう。そういう時期がいつかあったらどうするという意味ではないが、まああると仮定してごらんなさい。そうしたらそういう時期こそほんとうの独立独行という言葉《ことば》の適当に使える時期じゃないでしょうか。人から月給を貰《もら》う心配もなければ朝起きて人にお早うと言わなければ機嫌《きげん》が悪いという苦労もない。生活上寸毫《すんごう》も人の厄介にならずに暮してゆくのだから平気なものである。人にちっとも迷惑を掛けないし、また人にいさゝかの恩義も受けないで済むのだから、これほど都合の好いことはない。そういう人がほんとうの意味で独立した人間と謂《い》わなければならないでしょう。実際我々は時勢の必要上そうはゆかないようなものの腹の中では人の世話にならないでどこまでも一本立で遣《や》ってゆきたいと思っているのだからつまりはこんな太古の人を一面には理想として生きているのである。けれども事実已《や》むを得ない、仕方《しかた》がないからまず衣物《きもの》を着る時には呉服屋の厄介になり、お菜《さい》を拵える時には豆腐屋の厄介になる。米も自分で搗《つ》くよりも人の搗いたのを買うということになる。その代りに自分は自分で米を搗き自分で着物を織ると同程度のある専門的のことを人に向《むか》ってしつゝあるというわけになる。私はいまだかつて衣物を織ったこともなければ、靴足袋を縫ったこともないけれども、みずから縫わぬ靴足袋、あるいはみずから織らぬ衣物の代りに、新聞へ下《くだ》らぬことを書くとか、あるいはこういう所へ出てきてお話をするとかして埋合《うめあわ》せを付けているのです。私ばかりじゃない、誰でもそうです。するとこの一歩専門的になるというのはほかの意味でもなんでもない、すなわち自分の力に余りあるところ、すなわち人よりも自分が一段と抽《ぬき》んでている点に向って人よりも仕事を一倍して、その一倍の報酬に自分に不足したところを人から自分に仕《し》向《む》けてもらって相互の平均を保ちつゝ生活を持続するということに帰着するわけであります。それをごくむずかしい形式に現わすというと、自分のためにすることはすなわち人のためにすることだという哲理をほのめかしたような文句になる。これでもまだちょっと分らないなら、それをもっと数学的にいい現わしますと、己《おのれ》のためにする仕事の分量は人のためにする仕事の分量と同じであるという方程式が立つのであります。人のためにする分量すなわち己のためにする分量であるから、人のためにする分量が少なければ少ないほど自分のためにはならない結果を生ずるのは自然の理であります。これに反して人のためになる仕事をよけいすればするほど、それだけ己のためになるのもまた明かな因縁であります。この関係を最も簡単にかつ明瞭《めいりよう》に現わしているのは金ですな。つまり私が月給を拾五円なら拾五円取ると、拾五円がた人のために尽しているという訳でとりも直さずその拾五円が私の人に対して為《な》し得る仕事の分量を示す符丁《ふちよう》になっています。拾五円がた人に対する労力を費す、そうして拾五円現金で入《はい》ればすなわちその拾五円は己のためになる拾五円にすぎない。同じ訳で人のために千円の働きができれば、己のためにも千円使うことができるのだからまことに結構なことで、諸君もなるべく精出《せいだ》して人のためにお働きになればなるほど、自分にもます〳〵贅沢《ぜいたく》のできる余裕をお作りになると変りはないから、なるべく人のために働く分別をなさるが宜しかろうと思う。

もっとも自分のためになるといってもためになり方はいろ〳〵ある。第一その中《うち》から税などを払わなければならない。税を出して人に月給をやったり、巡査を雇っておいたり、あるいは国務大臣を馬車に乗せてやったりする。もっとも一人じゃアこれだけのことはできませぬ、我々おおぜいで金を出してやるのですが、畢竟《ひっきょう》ずるにあの税などもやはり自分のために出すのです。国務大臣が馬車や自動車に乗って怪《け》しからんといったってそれは野暮《やぼ》のいうことです。我々が税を出して乗らしておいてやるので国務大臣のためじゃない、つまり己のためだと思えば間違《まちがい》はない。だから時々自動車ぐらい借りに行っても宜かろうと思う。税はそのくらいにしてこのほか己のためにするものは衣食住と他の贅沢費《ぜいたくひ》になります。それを合算すると、つまり銀行の帳簿のように収入と支出と平均します。すなわち人のためにする仕事の分量はとりも直さず己のためにする仕事の分量という方程式がちゃんと数字のうえに現われてまいります。もっとも吝《けち》で蓄《た》めている奴《やつ》があるかもしれないが、これは例外である。例外であるが蓄めていればそれだけの労力というものを後《あと》へ繰越《くりこ》すのだから、やはり同じ理屈になります。よく彼奴《あいつ》は遊んでいて憎らしいとかまたはごろ〳〵していて羨《うらや》ましいとか金持の評判をするようですが、そもそも人間は遊んでいて食えるわけのものではない。遊んでいるようにみえるのは懐《ふところ》にある金が働いてくれているからのことで、その金というものは人のためにすることとなしにたゞ遊んでいてできたものではない。親父《おやじ》が額に汗を出した記念だとかあるいは婆さんの臍繰《へそくり》だとかなかには因縁付きの悪い金もありましょうけれども、とにかくなんらか人のためにした符徴、人のためにしてやったその報酬というものが、つまり自分の金になって、そうして自分はその御蔭《かげ》でもって懐手《ふところで》をして遊んでいられるというわけでしょう。職業の性質というものはまあざっとこんなものです。

そこでネ、人のためにするという意味を間違《まちが》えてはいけませんよ。人を教育するとか導くとか精神的にまた道義的に働きかけてその人のためになるということだと解釈されるとちょっと困るのです。人のためにというのは、人のいうがまゝにとか、欲するがまゝにというい わゆる卑俗の意味で、もっと手短かに述べれば人の御機嫌を取ればというくらいのことにすぎんのです。人にお世辞《せじ》を使えばといい変えても差支《さしつかえ》ないくらいのものです。だから御覧なさい。世の中には徳義的に観察するとずいぶん怪《け》しからぬと思うような職業がありましょう。しかもその怪しからぬと思うような職業を渡世にしている奴《やつ》は我々よりはよっぽどえらい生活をしているのがあります。しかし一面からいえば怪しからぬにせよ、道徳問題として見れば不埒《ふらち》にもせよ、事実のうえからいえば最も人のためになることをしているから、それがまた最も己のためになって、最も贅沢を極《きわ》めているといわなければならぬのです。道徳問題じゃない、事実問題である。現に芸妓《げいしゃ》というようなものは、私はあまり関係しないからして精《くわ》しいことは知らんけれどもとにかく一流の芸妓とかなんとかなるとちょっと指環《ゆびわ》を買うのでも千円とか五百円という高価なものの中から撰取《よりどり》をして余裕があるようにみえる。私は今こゝにニッケルの時計しか持っておらぬ。高尚《こうしよう》な意味でいったら芸妓よりも私のほうが人のためにすることが多くはないだろうかという疑《うたがい》もあるが、どうも芸妓ほど人の気に入らないこともまた慥《たし》からしい。つまり芸妓は有徳《うとく》な人だからあゝいう贅沢ができる、いくら学問があっても徳のない人間、人に好かれない人間というものは、ニッケルの時計ぐらい持って我慢《がまん》しているよりほか仕方《しかた》がないという結論に落ちてくる。だから私のいう人のためにするという意味は、一般の人の弱点嗜好《しこう》に投ずるという大きな意味で、小さい道徳——道徳は小さくありませぬが、まず事実の一部分にすぎないのだから小さいといっても差支ないでしょう。そういう高尚ではあるが偏狭な意味で人のためにするというのではなく、天然の事実そのものを引きくるめてなんでもかでも人に歓迎されるという意味の「ためにする」仕事を指《さ》したのであります。

そこで職業上における己のため人のためということは以上のように御記憶を願っておいて、話がまた後戻《あともど》りをする恐れがあるかもしれないが、前申《ぜん》したとおり人文発達の順序として職業がたいへん割れて細かくなると妙な結果を所々に与えるものだからその結果を一口お話をして、そうして先へ進みたいと思います。私の見るところによると職業の分化錯綜《さくそう》から我々の受ける影響は種々ありましょうが、そのうちに見逃《みのが》すことのできない一種妙なものがあります。というのはほかでもないが開化の潮流が進めば進むほど、また職業の性質が分れれば分れるほど、我々は片輪《かたわ》な人間になってしまうという妙な現象が起るのであります。いい換えると自分の商売がしだいに専門的に傾いてくるうえに、生存競争のために、人一倍の仕事で済んだものが二倍三倍ないし四倍とだん〳〵速力を早めて逐付《おいつ》かなければならないから、そのほうだけに時間と根気を費しがちであると同時に、お隣りのことや一軒置いたお隣りのことが皆目《かいもく》分らなくなってしまうのであります。こういうように人間が千筋も万筋もある職業線の上のたゞ一線しか往来しないで済むようになり、また他の線へ移る余裕がなくなるのはつまり吾人《ごじん》の社会的知識が狭く細く切り詰められるので、あたかも自ら好んで不具になると同じ結果だから、大きくいえば現代の文明は完全な人間を日に〳〵片輪者《かたわもの》に打崩《うちくず》しつゝ進むのだと評しても差支ないのであります。ごくの野蛮時代で人のお世話にはまったくならず、自分で身に纏《まと》うものを捜し出し、自分で井戸を掘って水を飲み、また自分で木の実かなにかを拾って食って、不自由なく、不足なく、不足があるにしても苦しい顔もせずに我慢《がまん》をしていれば、それこそ万事人に待つところなき点において、また生活上の知識をいっさい自分に備えたる点において完全な人間といわなければなりますまい。ところが今の社会では人のお世話にならないで、一人前に暮らしているものはどこをどう尋ねたって一人もない。この意味からして皆不完全なものばかりである。のみならず自分の専門は、日に月に、年にはむろんのこと、たゞ狭く細くなってゆきさえすればそれで済むのである。ちょうど針で掘抜井戸《ほりぬきいど》を作るとでも形容してしかるべき有様《ありさま》になってゆくばかりです。何商売を例に取っても説明はできますが、この状態を最もよく証明しているものは専門学者などだろうと思います。昔の学者はすべての知識を自分一人で背負《しょ》って立ったように見えますが、今の学者は自分の研究以外にはなにも知らない私が前《ぜん》申した意味の不具が揃《そろ》っているのであります。私のようなものでも世間ではたまに学者《がくしゃ》扱《あつかい》にしてくれますが、そうするとやっぱり不具の一人でありますなるほど私などは不具に違《ちがい》ない、どうもちっとも普通のことを知らない。区役所へ出す転居届の書き方も分らなければ、地面を売るにはどんな手続をしていいかさえ分らない。綿は綿の木のどんなところをどうして拵《こしら》えるかも解し得ない。玉子《たまご》豆腐《どうふ》はどうしてできるかこれまた不明である。食うことは知っているが拵えることはまったく知らない。その他味淋《みりん》にしろ、醤油《しょうゆ》にしろ、なんにしろかにしろすべて知らないことだらけである。知識のうえにおいて非常な不具といわなければなりますまい。けれどもすべてを知らない代りに一か所か二か所人より知っていることがある。そうして生活の時間をたゞその方面にばかり使ったものだから、完全な人間をますます遠ざかって、実に突飛《とっぴ》なものになりおおせてしまいました。私ばかりではない、かの博士とかなんとかいうものも同様であります。あなたがたは博士というと諸事万端人間いっさい天地宇宙のことを皆知っているように思うかもしれないがまったくその反対で、実は不具の最も不具な発達を遂げたものが博士になるのです。それだから私は博士を断りました[12]。しかしあなたがたは――手を叩《たゝ》いたって駄目《だめ》です。現に博士という名に胡魔化《ごまか》されているのだから駄目です。たとえば明石なら明石に医学博士が開業する、片方に医学士があるとする。そうすると医学博士のほうへ行くでしょう。いくら手を叩いたって仕方がない、胡魔化されるのです。内情をお話すれば博士の研究の多くは針の先きで井戸を掘るような仕事をするのです。深いことは深い。掘抜きだから深いことは深いが、いかんせん面積が非常に狭い。それを世間ではすべての方面に深い研究を積んだもの、全体の知識が万遍《まんべん》なく行き渡っていると誤解して信用を置きすぎるのです。現に博士論文というのを見ると存外細かな題目を捕えて、自分以外には興味もなければ知識もないような事項を穿鑿《せんさく》しているのがだいぶあるらしく思われます。ところが世間に向《むか》ってはたゞ医学博士・文学博士・法学博士として通っているからあたかもすべての知識を有《も》っているかのように解釈される。あれは文部省が悪いのかもしれない。虎列刺《コレラ》病博士《びょうはかせ》とか腸窒扶斯《ちょうチフス》博士《はかせ》とか赤痢博士とかもっと判然と領分を明らかにしたほうが善《よ》くはないかと思う。肺病患者が赤痢の論文を出して博士になった医者のところへ行ったって差支はないが、その人に博士たる名誉を与えたのは肺病とは没交渉の赤痢であって見れば、単に博士の名で肺病を担《かつ》ぎ込んでは勘違《かんちがい》になるかもしれない。博士のことはそれくらいにしてたゞ以上をかい撮《つま》んでいうと、吾人は開化の潮流に押し流されて日に日に不具になりつゝあるということだけは確かでしょう。それをほかの言葉《ことば》でいうと自分一人ではとても生きていられない人間になりつゝあるのである。自分の専門にしていることにかけては、たいへんに知識が欠乏した妙な変人ばかりできつゝあるという意味です。

私は職業上己のためとか人のためとかいう言葉から出立してその先へ進むはずのところをツイわき道へそれて職業上の片輪ということをお話ししだしたから、ついでにその片輪の所置について一言申上《もうしあ》げて、また己のため人のための本論に立ち帰りたい。順序の乱れるのは口に駆《か》られる講演の常としてお許しを願います。

そこで世の中では――ことに昔の道徳観や昔堅気《むかしかたぎ》の親の意見やまたは一般世間の信用などからいいますと、あの人は家業に精を出す、感心だといって賞《ほ》めそやします。いわゆる家業に精を出す感心な人というのはとりも直さず真黒《まっくろ》になって働いている一般的の知識の欠乏した人間にすぎないのだから面白い。露骨にいえばみずから進んで不具になるような人間を世の中では賞めているのです。それはとにかくとして現今のように各自の職業が細く深くなって知識や興味の面積が日に日に狭《せば》められてゆくならば、吾人は表面上社会的共同生活を営んでいるとは申しながら、その実銘々孤立して山の中に立て籠っていると一般で、隣《とな》り合《あわ》せに居を卜《ぼく》して(13)いながら心は天涯《てんがい》に懸け離れて暮しているとでも評するよりほかに仕方がない有様に陥ってきます。これでは相互を了解する知識も同情も起りようがなく、せっかくかたまって生きていても内部の生活はむしろバラ〱でなんの連鎖もない。ちょうど乾涸《ひから》びた糒《ほしい》(14)のようなもので一粒《ひとつぶ》〱に孤立しているのだから根ッから面白くないでしょう。人間の職業が専門的になってまたおの〱自分の専門に頭を突込《つっこ》んで少しでも外面を見渡す余裕がなくなると当面のこと以外はなにも分らなくなる。また分らせようという興味も出てきにくい。それで差支ないといえばそれまでであるが、現に家業にはいくら精通してもまたいくら勉強してもそればかりじゃどこか不足な訴《うったえ》が内部から萌《きざ》してきてなんとなく十分に人間的な心持が味《あじわ》えないのだから已を得ない。したがってこの孤立支離の弊をなんとかして矯《た》めなければならなくなる。それを矯める方法をお話しするためにわざ〱この壇上に現われたのではないから詳しいことは述べませんが、また述べるにしたところでだいたいはすでに諸君も御承知のことであるが、まあ物のついでだから一言それに触れておきましょう。すでに個々介立の弊が相互の知識の欠乏と同情の希薄から起ったとすれば、我々は自分の家業商売に逐《お》われて日もまた足らぬ時間しか有《も》たない身分であるにもかかわらず、その乏しい余裕を割《さ》いて一般の人間を広く了解しまたこれに同情し得《う》る程度に互の温味《あたゝかみ》を醸《かも》す法を講じなければならない。それにはこういう公会堂のようなものを作って時々講演者などを聘《へい》して知識上の啓発をはかるのも便法でありますし、またそう知的の方面ばかりでは窮屈すぎるから、いわゆる社交機関を利用して、互の歓情を罄《つく》す(15)のも良法でありましょう。時としては方便の道具として酒や女を用いても好いくらいのものでしょう。実業家などがむずかしい相談をするのにかえって見当違《けんとうちがい》の待合《まちあい》などで落合《おちあ》って要領《ようりょう》を得ているのも、まったく酒色という人間の窮屈を融《と》かし合う機械の具《そなわ》った場所で、その影響の下に、角《かど》の取れた同情のある人間らしい心持で相互に所置ができるからだろうと思います。現に事が纏《まとま》るという実用上の言葉が人間として彼我打ち解けた非実用の快感状態から出立しなければならないのでも分りましょう。こういうと私が酒や女をむやみに推薦するようでちょっと可笑《おか》しいが、私の申上げる主意はたとい弊害の多い酒や女や待合などが交際の機関として上流の人に用いられるのでも、人間は個々別々に孤立して互の融和同情を眼中に置かず、たゞ自家専門の職業にのみ腐心してはいられないものだという例にお話したくらいのものであります。本来をいうと私はそういう社交機関よりも、諸君が本業に費やす時間以外の余裕を挙《あ》げて文学書をお読みにならんことを希望するのであります。これはわが田へ水を引くような議論にもみえますが、元来文学上の書物は専門的の述作ではない、多く一般の人間に共通な点について批評なり叙述なり試みたものであるから、職業のいかんにかゝわらず、階級のいかんにかゝわらず赤裸々の人間を赤裸々に結び付けて、そうしてすべての他の墻壁《しょうへき》(16)を打破するものでありますから、吾人が人間として相互に結び付くためには最も立派《りっぱ》でまた最も弊の少ない機関だと思われるのです。少《すくな》くとも芸妓《げいしゃ》を上げて酒を飲んだと同等以上の効果がありそうに思われるのであります。あなたがたもこういう公会堂へわざ〳〵この暑いのに集まって、私のような者の言うことを黙って聴くような勇気があるのだから、そういう楽な時間を利用して少しお読みになったらいかゞだろうと申したいのです。職業が細かくなりまた忙がしくなる結果我々が不具になるが、それはどうして矯正《きようせい》するかという問題はまずこのくらいにして、この講演の冒頭に述べた己のためとか人のためとかいう議論に立ち帰ってその約《つづま》りを付けてこの講演を結びたいと思います。

それで前申した己のためにするとか人のためにするとかいう見地からして職業を観察すると、職業というものは要するに人のためにするものだということに、どうしても根本義を置かなければなりません。人のためにする結果が己のためになるのだから、元《もと》はどうしても他人本位である。すでに他人本位であるからには種類の選択分量の多少すべて他を目安《めやす》にして働かなければならない。要するに取捨興廃の権威ともに自己の手中にはないことになる。したがって自分が最上と思う製作を世間に勧めて世間はいっこう顧みなかったり自分は心持が好くないので休みたくても世間は平日のごとく要求を 恣《ほしいまゝ》にしたりすべて己を曲げて人に従わなくては商売にはならない。この自己を曲げるということは成功にはたいせつであるが心理的にははなはだ厭《いや》なものである。なかんずく最も厭なものはいかな好《すき》な道でもある程度以上に強《し》いられてその性質がしだいに嫌悪《けんお》に変化する時にある。ところが職業とか専門とかいうものは前申すとおり自分の需用以上その方面に働いてそうしてその自分に不要な部分を挙げて他の使用に供するのが目的であるから、自己を本位にしていえば当初から不必要でもあり、厭でもあることをしいて遣るという意味である。よく人が商売となるとなんでも厭になるものだと言いますがその厭になる理由はまったくこれがためなのです。いやしくも道楽であるあいだは自分に勝手な仕事を自分の適宜な分量でやるのだから面白いに違《ちが》いないが、その道楽が職業と変化する刹那《せつな》に今まで自己にあった権威が突然他人の手に移るから快楽がたちまち苦痛になるのは已を得ない。打ち明けたお話が己のためにすればこそ好なので人のためにしなければならない義務を括り付けられればどうしたって面白くはゆかないに極っています。元来己を捨てるということは、道徳からいえば已を得ず不徳も犯そうし、知識からいえば己の程度を下げて無知なこともいおうし、人情からいえば己の義理を低くして阿漕《あこぎ》(17)な仕打《しうち》もしようし、趣味からいえば己の芸術眼を下げて下劣な好尚《こうしょう》に投じようし、十中八九の場合悪いほうに傾き易《やす》いから困るのである。たとえば新聞を拵えてみても、あまり下品なことは書かないほうが宜いと思いながら、すでに商売であれば販売の形勢から考え営業の成立するくらいには俗衆の御機嫌《ごきげん》を取らなければ立ち行かない。要するに職業と名のつく以上は趣味でも徳義でも知識でもすべて一般社会が本尊になって自分はこの本尊の鼻息を伺って生活するが自然の理である。

たゞこゝにどうしても他人本位では成立たない職業があります。それは科学者哲学者もしくは芸術家のようなもので、これ等《ら》はまあ特別の一階級とでも見做《みな》すよりほかに仕方がないのです。哲学者とか科学者というものは直接世間の実生活に関係の遠い方面をのみ研究しているのだから、世の中に気に入ろうとしたって気に入《いら》れるわけでもなし、世の中でもこれ等の人の態度いかんでその研究を買ったり買わなかったりすることもきわめて少ないには違ないけれども、あゝいう種類の人が物好きに実験室へ入《はい》って朝から晩まで仕事をしたり、または書斎に閉じ籠って深い考《かんがえ》に沈んだりして万事を等閑に付している有様を見ると、世の中にあれほど己のためにしているものはないだろうと思わずにはいられないくらいです。それから芸術家もそうです。こうもしたらもっと評判が好くなるだろう。あゝもしたらまだ活計向《くらしむき》の助けになるだろうと傍《はた》の者から見ればいろ〳〵忠告のしたいところもあるが、本人は決してそんな作略はない、たゞ自分の好な時に好なものを描いたり作ったりするだけである。もっとも当人がすでに人間であって相応に物質的嗜欲《しよく》のあるのはむろんだから多少世間と折合《おりあ》って歩調を改めることがないでもないが、まあだいたいからいうと自我中心で、ごく卑近の意味の道徳からいえばこれほど我儘《わがまゝ》のものはない、これほど道楽なものはないくらいです。すでにお話をしたとおりおよそ職業として成立するためにはなにか人のためにする、すなわち世の嗜好に投ずると一般の御機嫌を取るところがなければならないのだが、本来からいうと道楽本位の科学者とか哲学者とかまた芸術家とかいうものはその立場からしてすでに職業の性質を失っているといわなければならない。実際今の世で彼等は名前《なまえ》には職業として存在するが実質のうえではほとんど職業として認められないほど割に合わない報酬を受けているのでこの辺の消息はよく分るでしょう。現に科学者哲学者などは直接世間と取引しては食ってゆけないからたいていは政府の保護の下に大学教授とかなんとかいう役になってやっと露命をつないでいる。芸術家でも時に容《い》れられず世から顧みられないで自然本位を押し通す人はずいぶん惨憺《さんたん》たる境遇に沈淪《ちんりん》しているものが多いのです。御承知の大雅堂《たいがどう》(18)でも今でこそたいした画工であるがその当時毫《ごう》も世間向《せけんむき》の画《え》をかかなかったために生涯《しょうがい》真葛《まくず》が原《はら》(19)の陋居《ろうきょ》に潜んでまるで乞食《こじき》と同じ一生を送りました。フランスのミレー(20)も生きているあいだは常に物質的の窮乏に苦しめられていました。またこれは個人の例ではないが日本の昔に盛んであった禅僧の修行などというものも極端な自然本位の道楽生活であります。彼等は見性《けんしょう》(21)のため究真のためすべてを抛《なげう》って座禅の工夫をします。黙然と座していることがなんで人のためになりましょう。善い意味にも悪い意味にも世間とは没交渉である点から見て彼等禅僧は立派《りっぱ》な道楽ものであります。したがって彼等はその苦行難行に対して世間からなんらの物質的報酬を得ていません。麻の法衣《ほうえ》を着て麦の飯を食ってあくまで道を求めていました。要するに原理は簡単で、物質的に人のためにする分量が多ければ多いほど物質的に己のためになり、精神的に己のためにすればするほど物質的には己の不為になるのであります。

以上申し上げた科学者哲学者もしくは芸術家の類が職業として優に存在し得《う》るかは疑問として、これは自己本位でなければとうてい成功しないことだけは明かなようであります。なぜなればこれ等が人のためにすると己というものはなくなってしまうからであります。ことに芸術家で己のない芸術家は蟬《せみ》の脱殻《ぬけがら》同然で、ほとんど役に立たない。自分に気の乗った作ができなくてたゞ人に迎えられたい一心で遣る仕事には自己という精神が籠るはずがない。すべてが借り物になって魂の宿る余地がなくなるばかりです。私は芸術家というほどのものでもないが、まあ文学上の述作をやっているから、やはりこの種類に属する人間といって差支ないでしょう。しかもなにか書いて生活費を取って食っているのです。手短かにいえば文学を職業としているのです。けれども私が文学を職業とするのは、人のためにするすなわち己を捨てて世間の御機嫌を取り得た結果として職業としていると見るよりは、己のためにする結果すなわち自然なる芸術的心術の発現の結果が偶然人のためになって、人に気に入っただけの報酬が物質的に自分に反響してきたのだと見るのがほんとうだろうと思います。もしこれが天から人のためばかりの職業であって、根本的に己を枉《ま》げてはじめて存在し得る場合には、私は断然文学を止《や》めなければならないかもしれぬ。さいわいにして私自身を本位にした趣味なり批判なりが、偶然にも諸君の気に合って、その気に合った人だけに読まれ、気に合った人だけから少なくとも物質的の報酬（あるいは感謝でも宜《よろ》しい）を得つゝ今日まで押してきたのである。いくら考えても偶然の結果である。この偶然が壊《こわ》れたひにはどっち本位にするかというと、私は私を本位にしなければ作物が自分から見てものにならない。私ばかりじゃない誰《だれ》しも芸術家である以上はそう考えるでしょう。したがってこういう場合には、世間が芸術家を自分に引付《ひきつ》けるよりも自分が芸術家に食付《くっつ》いてゆくよりほかにしようがないのであります。食付いてゆかなければそれまでという話である。芸術家とか学者とかいうものは、この点において我儘のものであるが、その我儘なために彼等の道において成功する。他の言葉でいうと、彼等にとっては道楽すなわち本職なのである。彼等は自分の好きな時、自分の好きなものでなければ、書きもしなければ拵えもしない。いたって横着《おうちゃく》な道楽者であるがすでに性質上道楽本位の職業をしているのだから已むを得ないのです。そういう人をして己を捨てなければ立ち行かぬように強《し》いたりまたは否応《いやおう》なしに天然を枉げさせたりするのは、まずその人を殺すと同じ結果に陥るのです。私は新聞に関係がありますが、さいわいにして社主からしてモッと売れ口の宜《よ》いような小説を書けとか、あるいはモッとたくさん書かなくちゃ不可《いか》んとか、そういう外圧的の注意を受けたことは今日までとんとありませぬ。社のほうでは私に私本位の下に述作することを大体のうえで許してくれつゝある。その代り月給も昇《あ》げてくれないが、いくら月給を昇げてくれてもこういう取扱《とりあつかい》を変じて万事営業本位だけで作物の性質や分量を指定されてはそれこそ大いに困るのであります。私ばかりではないすべての芸術家科学者哲学者はみなそうだろうと思う。彼等は一も二もなく道楽本位に生活する人間だからである。たいへん我儘のようであるけれども、事実そうなのである。したがって恒産《こうさん》(22)のない以上科学者でも哲学者でも政府の保護か個人の保護がなければまあ昔の禅僧ぐらいの生活を標準として暮さなければならないはずである。直接世間を相手にする芸術家に至ってはもしその述作なり製作がどこか社会の一部に反響を起して、その反響が物質的報酬となって現われてこない以上は餓死するよりほかに仕方がない。己を枉げるということと彼等の仕事とは全然妥協を許さない性質のものだからである。

私は職業の性質やら特色についてはじめに一言を費やし、開化の趨勢上《すうせいじょう》その社会に及ぼす影響を述べ、最後に職業と道楽の関係を説き、その末段に道楽的職業というような一種の変体のあることを御吹聴に及んで私などの職業がどの点まで職業でどの点までが道楽であるかを諸君にだいたい理会(23)せしめたつもりであります。これでこの講演を終ります。(明治四十四年八月明石において述)

(明治四四・一一・一〇『朝日講演集』)

(1) 牧君　牧巻次郎。当時大阪朝日新聞の通信課長・論説記者。

(2) 句切《くぎ》り　ふつう「区切り」と書く。

(3) 安南　現在のヴェトナム中部の呼称。

(4) 花柳社会　芸者や遊女などのいる社会。遊里。

(5) 牛込区《うしごめく》　現在の新宿区の一部。神楽坂一帯がそれにあたる。「小石川区」は、現在の文京区の一部で新宿区に隣接する一帯。

(6) 耳《みゝ》の垢取《あかと》り長官《ちょうかん》　江戸末期の戯作家滝沢馬琴の小説『大龢荘子《やまとぞうし》蝶胥笄《ちょうちょうのかんざし》』（文政九年〈1826〉刊行）の上編に登場する人物で、北条時頼の時代、鎌倉雪ノ下に住んでいた中国人として描かれている。

(7) 「柳の虫や赤蛙《あかがえる》」　「柳の虫」は、柳につく虫。「赤蛙」とともに小児の疳に効く薬として売り歩かれた。

(8) 「いたずらものはいないかな」　「いたずらもの」は、鼠のことで、殺鼠剤売りの呼び声である。

(9) 靴足袋《くつたび》　靴下の旧称。

(10) 十一文甲高《こうだか》　十一文の甲高足袋。「甲高」は、足の甲が高くはっていることで、そうした足に合うように作られたものを「甲高足袋」という。

(11) **灰吹《はいふき》**　「灰吹」は、きせる煙草の吸殻を叩き入れるために煙草盆につけられる筒で、以下の話は、「吾輩は猫である」に、迷亭の話として出て来る。

(12) **私は博士を断りました**　漱石は、明治四十四年(1911)二月二十日、胃潰瘍治療のため麴町長与胃腸病院入院中に文部省から文学博士号授与の辞令を受け、翌二十一日にこれを辞退して居る。

(13) **居をトして《ぼく》**　住居を選定して。

(14) **糒《ほしい》**　たくわえて置くために、干して乾かした飯。非常食として用いた。

(15) **罄《つく》す**　「尽す」と同じ。

(16) **墻壁《しょうへき》**　「障壁」とも書く。

(17) **阿漕《あこぎ》**　厚かましく欲深いこと。

(18) **大雅堂《たいがどう》**　青木夙夜《しゅくや》。徳川中期の画家。名は浚明。通称庄右衛門。池大雅に画を学び、大雅夫妻の没後、東山真葛原の一角に先師記念の一草廬を営んだ。没年不詳。

(19) **真葛《まくず》が原《はら》**　京都東山の麓。現在の円山公園の一部である。

(20) **ミレー**　Jean François Millet (1814—1875)。フランスの画家。ノルマンジーの農家に生れ、ダヴィド系の画家に学ぶ。のち、パリに出てドラローシュにつく。貧困と病弱に耐えつつ、一生の誠実を傾けて、「落穂拾い」「晩鐘」など働く農民に取材した名作を描いた。

(21) **見性《けんしょう》**　禅語。人々が本来そなえている心性を見ぬくこと。悟り。

(22) 恒産《こうさん》　一定の財産。あるいは一定の職業。

(23) 理会　ふつう「理解」と書く。

一　夏目漱石は覚悟する――「道楽と職業」（一九一一・八・一三）

（小森陽一）

見せかけの二項対立を非対称化する

「道楽と職業」が注目に値するのは、一九一四（大正三）年一一月二五日に行われた「私の個人主義」という講演において中心となる「自己本位」と「他人本位」という四文字の概念が既に使用されているところにある。漱石文明論を、ひと続きの連続した思考の道筋としてとらえ直すことを可能にするのが、「自己本位」と「他人本位」である。講演の終わり近く、同じことを別な角度から述べるためにこの二つの概念が使われることになる。

たゞこゝにどうしても他人本位では成立たない職業があります。それは科学者哲学者もしくは芸術家のようなもので、これ等《ら》はまあ特別の一階級とでも見做《みな》すよりほかに仕方がないのです。

（中略）

以上申し上げた科学者哲学者もしくは芸術家の類が職業として優に存在し得《う》るかは疑問として、これは自己本位でなければとうてい成功しないことだけは明かなようであります。

ここに「道楽と職業」という講演の理論的中心がある。「科学者哲学者」の「研究」は、多くの場合「直接世間の実生活に関係の遠い方面」で行われている。当然のことながら、その「研究」が「世の中に気に入」ってもらい、その成果を「買ったり」してもらえる機会など「きわめて少ない」のだ。結果として「科学者哲学者」は「たいていは政府の保護の下に大学教授とかなんとかいう役」を与えられて「露命をつないでいる」のが現状だと漱石はいう。

「芸術家」の場合は、「時に容《い》れられず世から顧みられ」ることが無ければ、その生活は「惨澹《さんたん》たる境遇に沈淪《ちんりん》しているものが多い」と、漱石は池大雅《いけのたいが》の弟子でも「乞食《こじき》と同じ一生を送り」、ジャン・フランソワ・ミレーさえも「常に物質的の窮乏に苦しめられ」ていたと強調する。

つまり「精神的に己のためにすればするほど物質的には己の不為になる」のであり、しかしその「自己本位」を貫かないと、「芸術」を成立させる「己というものはなくなってしまう」う。この「自己本位」に徹するのが、漱石の言う「道楽」にほかならない。

他方「職業」は、「物質的に人のためにする」「他人本位」の実践であり、その「分量が多ければ多いほど物質的に己のため」になるというのが漱石の結論である。「自己本位」と「他人本位」という対立概念の背後には、「精神的」と「物質的」という、全く非対称な関係性が組み込まれていることに注意しなければならない。漱石の文明批判の論法は、単純な二項対立的思考形態そのものを、常に批判しつづけていると言っても過言ではない。見せかけの二項対立を非対称化する方法である。

孤立を深める時代の病理、それを克服するのが「文学」だ

講演の前半で漱石は、「開化」すなわち文明化の過程で、「職業の種類が何百種何千種」にも分化していき、人間の「独立独行」が困難になったと指摘している。つまり「分業」が進んでいく過程を「開化」として、とりあえず位置づけるところから、議論を始めていくのである。

漱石は、仮説として狩猟採集生活をしている時代の人類を「独立独行」していたと位置づけたうえで、「専門」別に「職業」が「分れ」ていき、分業化が進んでいった結果、「我々は片輪《かたわ》な人間になってしまうという妙な現象が起」きてしまったとする。そして「職業」が「専門」化すればするほど、「生存競争」が加速し、「仕事」が「二倍三倍ないし四倍とだん〳〵速力を早めて」いくのである。結果として細分化された「仕事」の量だけが増え、人間としての全体性が失われていくことになる。

……余裕がなくなるのはつまり吾人《ごじん》の社会的知識が狭く細く切り詰められるので、あたかも自ら好んで不具になると同じ結果だから、大きくいえば現代の文明は完全な人間を日に〳〵片輪者《かたわもの》に打崩《うちくず》しつゝ進むのだと評しても差支ないのであります。

文字通りの「疎外」論的な「文明」批判である。「文明」とは「完全な人間」を「打崩」すシステムなのだと漱石は認識している。産業資本主義が加速することによって、「生存競争」が日に日に激化し、一人ひとりの仕事が一気に増加していく。こうした人間破壊のシステムが「開化」なのだ、というのが漱石の立場である。

一人の「人間」における「完全」さが失われ、「自ら好んで」「不具」や「片輪者」になるのが「文明」の帰結だと、漱石は認識している。社会的分業の進展は、決して社会的協同や共同にも繋《つな》がらない。むしろ社会的な生きものとしての「人間」を破壊していくことになる。「人間」の孤立化が加速されていく。

漱石はこの過程を「孤立支離の弊」と名づけている。それはただちに「個々介立の弊」ともなる。漱石の「文明」批判の射程の長さを、あらためて実感せざるをえない。「孤立支離の弊」と「個々介立の弊」の帰結が、たとえば大都市の一人暮らしの高齢者において常態化したことや、「三・一一」後の仮設住宅で頻発した孤独死であることはまちがいない。

この「孤立支離の弊」と「個々介立の弊」によって個別化し、自分の狭い生活圏に自閉し、孤立を深めていく時代の病理を克服する「法」、「一般の人間を広く了解しまたこれに同情し得《う》る程度に互の温味《あたゝかみ》を醸《かも》す法」の一つが「文学」だと漱石は主張する。

私は私を本位にする

「わが田へ水を引くような議論」だと断りながら漱石は、「文学上の書物」は「一般の人間に共通な点について批評なり叙述なり試みたもの」なのだから、「職業」や「階級」に「かゝわらず赤裸々の人間を赤裸々に結び付けて」「すべての他の墻壁《しょうへき》を打破するもの」であるという。

先にふれた講演後半「芸術家」についての議論のしめくくりで、漱石は自分について語っている。

私は芸術家というほどのものでもないが、まあ文学上の述作をやっているから、やはりこの種類に属する人間といって差支ないでしょう。しかもなにか書いて生活費を取って食っているのです。手短かにいえば文学を職業としているのです。けれども私が文学を職業とするのは、人のためにするすなわち己を捨てて世間の御機嫌を取り得た結果として職業としていると見るよりは、己のためにする結果すなわち自然なる芸術的心術の発現の結果が偶然人のためになって、人に気に入っただけの報酬が物質的に自分に反響してきたのだと見るのがほんとうだろうと思います。

ここで漱石は「文学を職業としている」と明確に述べている。それは「文学上の述作」を「書いて生活費を取って食っている」からだ。この講演の論旨から云えば「職業」は、「人のため」に「己を捨てて」行うものであったはずだ。「文学」作品を執筆したことに対して「報酬」が支払われて、そこから「生活費」が捻出《ねんしゅつ》されているのだから、「人のため」の「仕事」として認定されていることになる。はたして

「文学を職業として」、「自己本位」を貫くことは出来るのか。

「報酬」が支払われた瞬間、その仕事は「他人本位」の「人のため」の実践になってしまうのではないか。

この矛盾を漱石は「偶然」という言葉で切り抜けていく。「己のため」だけに、「自己本位」で「自然なる芸術的心術」を「発現」したところ、その「結果が偶然人のため」にもなり、「人に気に入」られた「結果」、「報酬が物質的に自分に反響してきた」だけなのだ。

すなわち「文学上の述作」をする際には、「人のためにする」ことなど一切考えず、ただひたすら「己のため」にだけ「自己本位」を貫いて書く。それが活字印刷されて読者の眼にふれ、「偶然」受け入れられるために「報酬」が支払われたのであれば、「文学上の述作」をした者は、あくまでも「己のため」だけの実践を貫いたことになる。

ここで、「偶然」が重要な概念となる。漱石はこのあとも「偶然」を繰り返す。「私自身を本位にした趣味なり批判なりが、偶然にも諸君の気に合って」とか、「いくら考えても偶然の結果である」と、「偶然」性を強調している。そして次のように自らの決意も示している。

「この偶然が壊《こわ》れたひにはどっち本位にするかというと、私は私を本位にしなければ作物が自分から見てものにならない」

ここに小説家夏目漱石の覚悟が示されている。

「私ばかりではないすべての芸術家科学者哲学者はみなそう」なのだ。「彼等は一も二もなく道楽本位に生活」している。「科学者哲学者」には「政府の保護」等があるが、「直接世間を相手にする芸術家」はもし「偶然」にでも「報酬」を得られなければ「餓死するよりほかに仕方がない」という決意で生きていると漱石は主張する。

第二章　現代日本の開化

はなはだお暑いことで、こう暑くては多人数お寄合《よりあ》いになって演説などお聴《き》きになるのはさだめしお苦しいだろうと思います。ことに承《うけたまわ》れば昨日もなにか演説会があったそうで、そう同じ催しが続いてはいくら中《あた》らない保証のあるものでも多少は流行《はやり》すぎの気味で、お聴きになるのもよほど御困難だろうとお察し申します。が演説をやるほうの身になってみてもそう楽ではありません。ことにたゞいま牧君の紹介で漱石君の演説は迂余《うよ》曲折の妙があるとかなんとかいう広告めいた賛辞を頂戴《ちょうだい》した後《あと》に出て同君の吹聴《ふいちょう》どおりを遣《や》ろうとするとあたかも迂余曲折の妙を極《きわ》めるための芸当を御覧に入れるために登壇したようなもので、いやしくもその妙を極めなければ降りることができないような気がして、いやがうえに遣りにくい羽目に陥ってしまうわけであります。これはないないですが思い切って打明《うちあ》けてお話ししてしまいます。実はこゝへ出て参るまえちょっと先番の牧君に相談を掛《か》けたことがあるのです。というほどの秘密でもありませんが、まったくのところ今日の講演は長時間諸君に対してお話をする材料が不足のような気がしてならなかったから、牧さんにあなたのほうは少しは伸ばせますかと聞いたのです。すると牧君は自分のほうは伸ばせばいくらでも伸びると気丈夫《きじょうぶ》な返事をしてくれたので、たちまち親船に乗ったような心持になって、それじゃア少し伸ばしていたゞきたいと頼んでおきました。その結果として冒頭だか序論だかに私の演説の短評を試みられたのはもともと私の注文から出たことではなはだ有難《ありがた》いには違《ちがい》ないけれども、その代りいやに遣り悪《にく》くなってしまったこともまた争われない事実です。元来がそういう情ない依頼をあえてするくらいですから曲折どころではない、真直《まっすぐ》に行き当ってピタリと終《しま》いになるべき演説であります。なか〳〵もって抑揚頓挫《とんざ》波瀾《はらん》曲折の妙を極めるだけの材料などは薬にしたくも持合《もちあわ》せておりません。とそういったところでなにもたゞボンヤリ演壇に登ったわけでもないので、こゝへ出てくるだけの用意は多少準備してまいったには違ないのです。もっとも私がこの和歌山へ参るようになったのは当初からの計画ではなかったのですが、私のほうで近畿地方《きんきちほう》を所望したので社のほうでは和歌山をそのうちへ割り振ってくれたのです。お蔭《かげ》で私もまだ見ない土地や名所などを捜《さぐ》る便宜を得ましたのは好都合です。そのついでに演説をする——のではない演説のついでに玉津島《たまつしま》(1)だの紀三井寺《きみいでら》(2)などを見たわけでありますから、これ等《ら》の故跡や名勝に対しても空手《からて》では参れません。お話をする題目はちゃんと東京表《おもて》で極《き》めてまいりました。

　その題目は「現代日本の開化」というので、現代という字は下へ持ってきても上へ持ってきても同じことで、「現代日本の開化」でも「日本現代の開化」でもたいして私のほうでは構いません。「現代」という字があって「日本」という字があって「開化」という字があって、その間へ「の」の字が入《はい》っていると思えばそれだけの話です。なんの雑作《ぞうさ》もなくたゞ現今の日本の開化という、こういう簡単なものです。その開化をどうするのだと聞かれれば、実は私の手際《てぎわ》ではどうもしようがないので、私はたゞ開化の説明をして後《あと》はあなたがたの御高見にお任せするつもりであります。では開化を説明してなにになる？　とこうお聞きになるかもしれないが、私は現代の日本の開化ということが諸君によくお分《わか》りになっておるまいと思う。お分りになっていなかろうと思うというと失礼ですけれども、どうもこれが一般の日本人によく呑《の》み込めていないように思う。私だってそれほど分ってもいないのです。けれどもまず諸君よりもそんな方面によけい頭を使う余裕のある境遇におりますから、こういう機会を利用して自分の思ったところだけをあなたがたに聞いていただこうというのが主眼なのです。どうせあなたがたも私も日本人で、現代に生れたもので、過去の人間でも未来の人間でもなんでもないうえに現に開化の影響を受けているのだから、現代と日本と開化という三つの言葉《ことば》は、どうしても諸君と私とに切っても切れない離すべからざる密接な関係があるのは分り切ったことですが、それにもかゝわらず、お互に現代の日本の開化について無頓《むとん》着《じやく》であったり、またはあまりハッキリした理会を有《も》っていなかったならば、万事に勝手が悪いわけだから、まあ互に研究もし、また分るだけは分らせておくほうが都合が好《よ》かろうと思うのであります。それについては少し学究めきますが、日本とか現代とかいう特別な形容詞に束縛されない一般の開化から出立してその性質を調べる必要があると考えます。お互《たが》いに開化という言葉を使っておって、日に何遍《なんべん》も繰返《くりかえ》しているけれども、はたして開化とはどんなものだと煎《せん》じ詰《つ》めて聞き糺《たゞ》されてみると、今まで互に了解し得たとばかり考えていた言葉の意味が存外喰違《くいちが》っていたりあるいはもってのほかに漠然《ばくぜん》と曖昧《あいまい》であったりするのはよくあることだから、私はまず開化の定義から極《き》めて懸《か》ゝりたいのです。

もっとも定義を下すについてはよほど気を付けないととんでもないことになる。これをむずかしくいいますと、定義を下せばその定義のために定義を下されたものがピタリと糊細工《のりざいく》のように硬張《こわば》ってしまう。複雑な特性を簡単に纏《まと》める学者の手際と脳力とには敬服しながらも一方においてその迂《う》濶《かつ》を惜まなければならないようなことが彼等の下した定義を見るとよくあります。その弊所をごく分り易《やす》く一口にお話すれば生きたものをわざと四角四面の棺《かん》の中へ入れてことさらに融通が利《き》かないようにするからである。もっとも幾何学などで中心から円周に到《いた》る距離がことぐ〳〵く等しいものを円というというような定義はあれで差支《さしつかえ》ない、定義の便宜があって弊害のない結構なものですが、これは実世間に存在する円《まる》いものを説明するといわんよりむしろ理想的に頭の中にある円というものをかく約束上取り極めたまでであるから古往今来変りっこないのでどこまでもこの定義一点張りで押してゆかれるのです。その他四角だろうが三角だろうが幾何的に存在しているかぎりはそれぐ〳〵の定義でいったん纏《まと》めたら決して動かす必要もないかもしれないが、不幸にして現実世《よ》の中《なか》にある円とか四角とか三角とかいうもので過去現在未来を通じて動かないものははなはだ少ない。ことにそれ自身に活動力を具《そな》えて生存するものには変化消長がどこまでも付け纏《まつわ》っている。今日の四角は明日の三角にならないとも限らないし、明日の三角がまたいつ円く崩《くず》れだきないともいえない。要するに幾何学のような定義があってその定義から物を拵《こしら》え出したのでなくって、物があってその物を説明するために定義を作るとなるといきおいその物の変化を見越してその意味を含ましたものでなければいわゆる杓子定規《しゃくしじょうぎ》とかでいっこう気《き》の利かない定義になってしまいます。ちょうど汽車がゴーッと馳《か》けてくる、その運動の一瞬間すなわち運動の性質の最も現われ悪《にく》い刹那《せつな》の光景を写真に取って、これが汽車だ〳〵といってあたかも汽車のすべてを一枚の裏《うら》に写し得たごとく吹聴すると一般である。なるほどどこから見ても汽車に違《ちがい》ありますまい。けれども汽車に見逃《みのが》してはならない運動というものがこの写真のうちには出ていないのだから実際の汽車とはとうてい比較のできないくらい懸絶しているといわなければなりますまい。御存じの琥珀《こはく》というものがありましょう。琥珀の中に時々蠅《はい》が入《はい》ったのがある。透《す》かして見ると蠅に違ありませんが、要するに動きの取れない蠅であります。蠅でないとはいえぬでしょうが活《い》きた蠅とはいえますまい。学者の下す定義にはこの写真の汽車や琥珀の中の蠅に似てあざやかに見えるが死んでいると評しなければならないものがある。それで注意を要するというのであります。つまり変化をするものを捉《とら》えて変化を許さぬかのごとくピタリと定義を下す。巡査というものは白い服を着てサーベルを下げているものだなどと天から極《き》められたひにはやり巡査も遣《や》り切れないでしょう。家《うち》へ帰って浴衣《ゆかた》も着換えるわけにゆかなくなる。この暑いのに剣ばかり下げていなければ済《す》まないのは可哀想《かわいそう》だ。騎兵とは馬に乗るものである。これも御もっともには違ないが、いくら騎兵だって年が年中馬に乗りつゞけに乗っているわけにもいかないじゃありませんか。少しは下《お》りたいでさア。こう例を挙《あ》げれば際限がないから好加減《いいかげん》に切り上げます。実は開化の定義を下す御約束をして喋舌《しゃべ》っていたところがいつのまにか開化はそっち退《の》けになってむずかしい定義論に迷い込んではなはだ恐縮です。がこのくらい注意をしたうえでさて開化とは何者だと纏めてみたらいくぶんか学者の陥り易い弊害を避け得られるしまたその便宜をも受けることができるだろうと思うのです。

でいよ〳〵開化に出戻《でもど》りを致《いた》しますが、開化というものも、汽車とか蝿とか巡査とか騎兵とかいうようなもののごとくに動いている。それで開化の一瞬間を取ってカメラにピタリと入れて、そうしてこれが開化だと提《さ》げて歩くわけにはゆきません。私は昨日和歌の浦(3)を見物しましたが、あすこを見た人のうちで和歌の浦はたいへん浪《なみ》の荒い所だという人がある。かと思うと非常に静かな所だという人もある。どっちが宜《よ》いのか分らない。だん〳〵聞いてみると、一方は浪の非常に荒い時に行き、一方は非常に静かな時に行った違から話がこう表裏してきたのである。もとより見たとおりなんだから両方とも嘘《うそ》ではない。がまた両方ともほんとうでもない。これに似寄りの定義は、あっても役に立たぬことはない。が、役に立つと同時に害を為《な》すことも明《あきら》かなんだから、開化の定義というものも、なるべくはそういう不都合を含んでいないように致したいのが私の希望であります。が、そうするとボンヤリしてくる。恨むらくはボンヤリしてくる。けれどもボンヤリしてもほかのものと区別ができればそれで宜いでしょう。さっき牧君の紹介があったように夏目君の講演はその文章のごとく時とすると門口《かどぐち》から玄関へ行くまでにうんざりすることがあるそうでまことにお気の毒の話だが、なるほど遣ってみるとそのとおり、これでようやく玄関まで着きましたから思いきってほんとうの定義に移りましょう。

開化は人間活力の発現の経路である。と私はこういいたい。私ばかりじゃない、あなたがただってそういうでしょう。もっともそういったところで別に書物に書いてあるわけでもなんでもない、私がそういいたいまでのことであるがその代り珍《めず》らしくもなんともない。がこれすこぶる漠然《ばくぜん》としている。前口上を長々述べ立てた後でこのくらいの定義を御吹聴に及んだだけではあまり人を馬鹿《ばか》にしているようですが、まあそこから定《き》めて掛《か》らないと曖昧《あいまい》になるから、実は已《やむ》を得ないのです。それで人間の活力というものが今申すとおり時の流《ながれ》を沿うて発現しつゝ開化を形造ってゆくうちに私は根本的に性質の異った二種類の活動を認めたい、いな確かに認めるのであります。

その二とおりのうち一つは積極的のもので、一つは消極的のものである。なにか月並《つきなみ》のような講釈をして済みませんが、人間活力の発現上積極的という言葉を用いますと、勢力の消耗を意味することになる。またもう一つのほうはこれとは反対に勢力の消耗をできるだけ防ごうとする活動なり工夫なりだから前のに対して消極的と申したのであります。この二つの互いに喰違《くいちが》って反《そり》の合わないような活動が入り乱れたりコンガラカッたりして開化というものができ上るのであります。これでもまだ抽象的でよくお分りにならないかもしれませんが、もう少し進めば私の意味はおのずから明瞭《めいりよう》になるだろうと信じます。元来人間の命《いのち》とか生《せい》とか称するものは解釈次第でいろ〳〵な意味にもなりまたむずかしくもなりますが要するに前《ぜん》申したごとく活力の示現とか進行とか持続とか評するよりほかに致《いた》し方《かた》のないものである以上、この活力が外界の刺激に対してどう反応するかという点を細かに観察すればそれで吾人《ごじん》人類の生活状態もほゞ了解ができるようなわけで、その生活状態の多人数の集合して過去から今日に及んだものがいわゆる開化にほかならないのはいまさら申上《もうしあ》げるまでもありますまい。さて吾々《われ〳〵》の活力が外界の刺激に反応する方法は刺激の複雑である以上もとより多趣多様千差万別に違《ちがい》ないが、要するに刺激の来るたびにわが活力をなるべく制限節約してできるだけ使うまいとする工夫と、またみずから進んで適意の刺激を求めあたうだけの活力を這裏《しやり》(4)に消耗して快を取る手段との二つに帰着してしまうよう私は考えているのであります。で前のを便宜のため活力節約の行動と名づけ後者をかりに活力消耗の趣向とでも名づけておきましようが、この活力節約の行動はどんな場合に起るかといえば現代の吾々が普通用いる義務という言葉を冠して形容すべき性質の刺激に対して起るのであります。従来の徳育法および現今とても教育上では好んで義務を果す敢為《かんい》邁往《まいおう》(5)の気象を奨励するようですがこれは道徳上の話で道徳上しかなくてはならぬ、もしくはしかするほうが社会の幸福だというまでで、人間活力の示現を観察してその組織の経緯一つを司《つかさ》どる大事実からいえばどうしても今私が申し上げたように解釈するよりほか仕方がないのであります。吾々もお互に義務は尽さなければならんものと始終思い、また義務を尽した後はたいへん心持が好いのであるが、深くその裏面に立ち入って内省してみると、願《ねが》わくはこの義務の束縛を免《まぬ》かれて早く自由になりたい、人から強《し》いられて已《やむ》を得ずする仕事はできるだけ分量を圧搾《あっさく》して手軽に済ましたいという根性が常に胸の中《うち》に付《つ》け纏《まつわ》っている。その根性がとりも直さず活力節約の工夫となって開化なるものの一大原動力を構成するのであります。

かく消極的に活力を節約しようとする奮闘に対して一方ではまた積極的に活力を任意随所に消耗しようという精神がまた開化の一半を組み立てている。その発現の方法もまた世が進めば進むほど複雑になるのは当然であるが、これをごく約《つづ》めてどんな方面に現われるかと説明すればまず普通の言葉で道楽という名のつく刺激に対し起るものだとしてしまえばいちばん早分《はやわか》りであります。道楽といえば誰も知っている。釣《つり》魚をするとか玉《たま》を突くとか、碁《ご》を打つとか、または鉄砲を担《かつ》いで猟に行くとか、いろ〳〵のものがありましょう。これ等は説明するがものはない、こと〴〵くみずから進んで強いられざるに自分の活力を消耗して嬉《うれ》しがるほうであります。なお進んではこの精神が文学にもなり科学にもなりまたは哲学にもなるので、ちょっと見るとはなはだむずかしげなものも皆道楽の発現にすぎないのであります。

この二様の精神すなわち義務の刺激に対する反応としての消極的な活力節約とまた道楽の刺激に対する反応としての積極的な活力消耗とが互に並び進んで、コンガラカッて変化していって、この複雑極《きわま》りなき開化というものができるのだと私は考えています。その結果は現に吾々が生息している社会の実況を目撃すればすぐ分ります。活力節約のほうからいえばできるだけ労働を少なくしてなるべくわずかな時間に多くの働きをしよう〳〵と工夫する。その工夫が積《つも》り積って汽車汽船はもちろん電信電話自動車たいへんなものになりますが、元《もと》を糾《たゞ》せば面倒《めんどう》を避けたい横着心《おうちゃくしん》の発達した便法にすぎないでしょう。この和歌山市から和歌の浦までちょっと使いに行ってこいといわれた時に、でき得るなら誰しも御免蒙《こうむ》りたい。がどうしても行かなければならないとすればなるべく楽に行きたい、そうして早く帰りたい。できるだけ身体《からだ》は使いたくない。そこで人力車もできなければならないわけになります。そのうえに贅沢《ぜいたく》をいえば自転車にするでしょう。なお我儘《わがまゝ》をいい募ればこれが電車にも変化し自動車または飛行器にも化けなければならなくなるのは自然の数であります。これに反して電車や電話の設備があるにしてもぜひ今日《きょう》は向《む》こうまで歩いて行きたいという道楽心の増長する日も年に二度や三度は起らないとも限りません。好んで身体を使って疲労を求める。吾々が毎日やる散歩という贅沢も要するにこの活力消耗の部類に属する積極的な命の取扱方《とりあつかいかた》の一部分なのであります。がこの道楽気の増長した時にさいわいに行ってこいという命令が下ればちょうど好いが、まあたいていはそう旨《うま》くはゆかない。いい付かった時は多く歩きたくない時である。だから歩かないで用を足す工夫をしなければならない。となるといきおい訪問が郵便になり、郵便が電報になり、その電報がまた電話になる理屈です。詰《つま》るところは人間生存上の必要上なにか仕事をしなければならないのを、なろうことならしないで用を足してそうして満足に生きていたいという我儘な了簡《りょうけん》、と申しましょうかまたはそう〳〵身を粉《こ》にしてまで働いて生きているんじゃ割に合わない、馬鹿《ばか》にするない冗談《じょうだん》じゃねえという発憤の結果が怪物のように辣腕《らつわん》な器械力と豹変《ひょうへん》したのだとみれば差支《さしつかえ》ないでしょう。

この怪物の力で距離が縮まる、時間が縮まる、手数が省ける、すべての義務的の労力が最少低額に切詰《きりつ》められたうえにまた切詰められてどこまで押してゆくか分らないうちに、かの反対の活力消耗と名づけておいた道楽根性のほうもまた自由我儘のできるかぎりを尽して、これまた瞬時の絶間《たえま》なく天然自然と発達しつゝ留《と》め度《ど》もなく前進するのである。この道楽根性の発展も道徳家にいわせると怪《け》しからんとか言いましょう。がそれは徳義上の問題で事実上の問題にはなりません。事実の大局からいえば活力をわが好むところに消費するということの工夫精神は二六時中休みっこなく働いて、休みっこなく発展しています。もと〳〵社会があればこそ義務的の行動を余儀なくされる人間も放《ほう》り出しておけばどこまでも自我本位に立脚するのは当然だから自分の好《す》いた刺激に精神なり身体なりを消費しようとするのは致《いた》し方《かた》もない仕儀である。もっとも好いた刺激に反応して自由に活力を消耗するといったってなにも悪いことをするとは限らない。道楽だって女を相手にするばかりが道楽じゃない。好きな真似《まね》をするとは開化の許すかぎりのあらゆる方面に亘《わた》っての話であります。自分が画《え》がきたいと思えばできるだけ画ばかりかこうとする。本が読みたければ差支ない以上本ばかり読もうとする。あるいは学問が好だといって、親の心も知らないで、書斎へ入《はい》って青くなっている子息《むすこ》がある。傍《はた》から見ればなんのことか分らない。親父《おやじ》が無理算段の学費を工面して卒業のうえは月給でも取らせて早く隠居でもしたいと思っているのに、子供《こども》のほうでは活計《くらし》のほうなんかまるで無頓着《むとんじやく》で、たゞ天地の真理を発見したいなどと太平楽を並べて机に靠《もた》れて苦《にが》り切っているのもある。親は生計のための修業と考えているのに子供は道楽のための学問とのみ合点《がてん》している。こういうような訳で道楽の活力はいかなる道徳学者も杜絶《とぜつ》するわけにいかない。現にその発現は世の中にどんな形になって、どんなに現《あらわ》れているかということは、この競争劇甚《げきじん》の世に道楽なんどとてんでその存在の権利を承認しないほど家業に励精な人でも少し注意されれば肯定しないわけにゆかなくなるでしょう。私は昨晩和歌の浦へ泊《と》まりましたが、和歌の浦へ行って見ると、さがり松(6)だの権現様《ごんげん》(7)だの紀三井寺だのいろいろのものがありますが、そのなかに東洋第一海抜二百尺と書いたエレベーター(8)が宿の裏から小高い石山の巓《いたゞき》へ絶えず見物を上げたり下げたりしているのを見ました。実は私も動物園の熊《くま》のようにあの鉄の格子の檻《おり》の中に入《はい》って山の上へ上げられた一人《ひとり》であります。があれは生活上べつだん必要のある場所にあるわけでもなければまたそれほどたいせつな器械でもない、まあ物数奇《ものずき》である。たゞ上ったり下ったりするだけである。疑もなく道楽心の発現で、好奇心兼広告欲も手伝っているかもしれないが、まあ活計向《くらしむき》とは関係の少ないものです。これは一例ですが開化が進むにつれてこういう贅沢なものの数が殖《ふ》えてくるのは誰でも認識しないわけにゆかないでしょう。のみならずこの贅沢が日に増し細かくなる。大きなものの中に輪がいくつもできて漏斗《じょうご》みたようにだん〳〵深くなる。と同時に今まで気の付かなかった方面へだん〳〵発展して範囲が年々広くなる。

要するにたゞいま申し上げた二つの入り乱れたる経路、すなわちできるだけ労力を節約したいという願望から出てくる種々の発明とか器械力とかいう方面と、できるだけ気儘《きまま》に勢力を費したいという娯楽の方面、これが経となり緯となり千変万化錯綜《さくそう》して現今のように混乱した開化という不可思議な現象ができるのであります。

そこでそういうものを開化とすると、こゝに一種妙なパラドックス(9)とでもいいましょうか、ちょっと聞くと可笑《おか》しいが、実は誰しも認めなければならない現象が起ります。元来なぜ人間が開化の流れに沿うて、以上二種の活力を発現しつゝ今日に及んだかといえば生れながらそういう傾向を有《も》っていると答えるよりほかに仕方がない。これを逆に申せば吾人の今日あるはまったくこの本来の傾向あるがためにほかならんのであります。なお進んでいうと元のまゝで懐手《ふところで》をしていては生存上どうしても遣り切れぬから、それからそれへと順々に押されく\てかく発展を遂げたといわなければならないのです。してみれば古来何千年の労力と歳月を挙《あ》げてようやくのこと現代の位置まで進んできたのであるからして、いやしくもこの二種類の活力が上代から今に至る長い時間に工夫し得た結果として昔よりも生活が楽になっていなければならないはずであります。けれども実際はどうか？　打明《うちあ》けて申せばお互の生活ははなはだ苦しい。昔の人に対して一歩も譲らざる苦痛の下《もと》に生活しているのだという自覚がお互にある。いな開化が進めば進むほど競争がますく\劇《はげ》しくなって生活はいよく\困難になるような気がする。なるほど以上二種の活力の猛烈な奮闘で開化は贏《か》ち得たに相違ない。しかしこの開化は一般に生活の程度が高くなったという意味で、生存の苦痛が比較的柔《やわら》げられたというわけではありません。ちょうど小学校の生徒が学問の競争で苦しいのと、大学の学生が学問の競争で苦しいのと、その程度は違うが、比例にいたっては同じことであるごとく、昔の人間と今の人間がどのくらい幸福の程度において違っているかといえば——あるいは不幸の程度において違っているかといえば——活力消耗活力節約の両工夫において大差はあるかもしれないが、生存競争から生ずる不安や努力にいたっては決して昔より楽になっていない。いな昔よりかえって苦しくなっているかもしれない。昔は死ぬか生きるかのために争ったものである。それだけの努力をあえてしなければ死んでしまう。已むを得ないからやる。のみならず道楽の念はとにかく道楽の途《みち》はまだ開けていなかったから、こうしたい、あゝしたいという方角も程度もいたって微弱なもので、たまに足を伸《の》ばしたり手を休めたりして、満足していたくらいのものだろうと思われる。今日は死ぬか生きるかの問題はだいぶ超越している。それが変化してむしろ生きるか生きるかという競争になってしまったのであります。生きるか生きるかというのは可笑《おか》しゅうございますが、Aの状態で生きるかBの状態で生きるかの問題に腐心しなければならないという意味であります。活力節減のほうで例を引いてお話をしますと、人力車を挽《ひ》いて渡世にするか、または自動車のハンドルを握って暮すかの競争になったのであります。どっちを家業にしたって命に別条はないに極《きま》っているが、どっちへ行っても労力は同じだとはいわれません。人力車を挽くほうが汗がよほどたぶんに出るでしょう。自動車の御者になってお客を乗せれば——もっとも自動車を有《も》つくらいならお客を乗せる必要もないが――短い時間で長い所が走れる。糞力《くそぢから》はちっとも出さないで済む。活力節約の結果楽に仕事ができる。されば自動車のない昔はいざ知らず、いやしくも発明される以上人力車は自動車に負けなければならない。負ければ追付《おっつ》かなければならない。という訳で、少しでも労力を節減し得て優勢なるものが地平線上に現われてこゝに一つの波瀾《はらん》を誘うと、ちょうど一種の低気圧と同じ現象が開化のなかに起って、各部の比例がとれ平均が回復されるまでは動揺して已められないのが人間の本来であります。積極的活力の発現のほうから見てもこの波動は同じことで、早い話が今までは敷島《しきしま》かなにか吹かして我慢《がまん》しておったのに、隣りの男が旨そうにエジプト煙草《たばこ》を喫《の》んでいるとやっぱりそっちが喫みたくなる。また喫んでみればそのほうが旨いに違《ちが》いない。しまいには敷島などを吹かすものは人間の数へ入《はい》らないような気がして、どうしてもエジプトへ喫み移らなければならぬという競争が起ってくる。通俗の言葉でいえば人間が贅沢になる。道学者は倫理的の立場から始終奢侈《しゃし》を戒しめている。結構には違ないが自然の大勢に反した訓戒であるからいつでも駄目に終るということは昔から今日まで人間がどのくらい贅沢になったか考えてみれば分る話である。かく積極消極両方面の競争が激しくなるのが開化の趨勢《すうせい》だとすれば、吾々は長い時日のうちに種々様々の工夫を凝《こら》し知恵を絞ってようやく今日まで発展してきたようなものの、生活の吾人の内生に与える心理的苦痛から論ずれば今も五十年前もまたは百年前も、苦しさ加減の程度は別に変りはないかもしれないと思うのです。それだからしてこのくらい労力を節減する器械が整った今日でも、また活力を自由に使い得る娯楽の途が備った今日でも生存の苦痛は存外切《せつ》なもので、あるいは非常という形容詞を冠《かぶ》らしてもしかるべき程度かもしれない。これほど労力を節減できる時代に生れてもその忝《かたじ》けなさが頭に応《こた》えなかったり、これほど娯楽の種類や範囲が拡大されてもまったくその有難味《ありがたみ》が分らなかったりする以上は苦痛のうえに非常という字を付加しても好いかもしれません。これが開化の産んだ一大パラドックスだと私は考えるのであります。

これから日本の開化に移るのですが、はたして一般的の開化がそんなものであるならば、日本の開化も開化の一種だからそれで宜かろうじゃないかでこの講演は済んでしまうわけでありますが、がそこに一種特別な事情があって、日本の開化はそういかない。なぜそうはゆかないか。それを説明するのが今日の講演の主眼である。と申すと玄関を上ってようやく茶の間あたりへ来たくらいの気がして驚くでしょう。しかしそう長くはありません、奥行《おくゆき》は存外短《みじ》かい講演です。やってるほうだって長いのは疲れますからできるだけ労力節約の法則に従って早く切り上げるつもりですから、もう少し辛抱《しんぼう》して聴いてください。

それで現代の日本の開化はまえに述べた一般の開化とどこが違うかというのが問題です。もし一言にしてこの問題を決しようとするならば私はこう断じたい、西洋の開化（すなわち一般の開化）は内発的であって、日本の現代の開化は外発的である。こゝに内発的というのは内から自然に出て発展するという意味でちょうど花が開くようにおのずから蕾《つぼみ》が破れて花弁が外に向《むか》うのをいい、また外発的とは外からおっかぶさった他の力で已むを得ず一種の形式を取るのを指《さ》したつもりなのです。もう一口説明しますと、西洋の開化は行雲流水のごとく自然に働いているが、御維新《ごいっしん》後外国と交渉を付けた以後の日本の開化はだいぶ勝手《かって》が違います。もちろんどこの国だって隣《となり》づき合《あい》がある以上はその影響を受けるのがもちろんのことだからわが日本といえども昔からそう超然としてたゞ自分だけの活力で発展したわけではない。ある時は三韓《さんかん》(10)またある時は支那《しな》というふうにだいぶ外国の文化にかぶれた時代もあるでしょうが、長い月日を前後ぶっ通しに計算してだいたいのうえから一瞥《いちべつ》して見るとまあ比較的内発的の開化で進んできたといえましょう。少なくとも鎖港排外の空気で二百年も麻酔したあげく突然西洋文化の刺激に跳《は》ね上ったくらい強烈な影響は有史以来まだ受けていなかったというのが適当でしょう。日本の開化はあの時から急劇に曲折しはじめたのであります。また曲折しなければならないほどの衝動を受けたのであります。これをまえの言葉で表現しますと、今まで内発的に展開してきたのが、急に自己本位の能力を失って外から無理押しに押されて否応《いやおう》なしにそのいうとおりにしなければ立ち行かないという有様になったのであります。それが一時ではない。四五十年前に一押し押されたなりじっと持ち応《こた》えているなんて楽《らく》な刺激ではない。時時に押され刻々に押されて今日に至ったばかりでなく向後何年のあいだか、またはおそらく永久に今日のごとく押されてゆかなければ日本が日本として存在できないのだから外発的というよりほかに仕方がない。その理由はむろん明白な話で、前詳《ぜん》しく申上《もうしあ》げた開化の定義に立戻《たちもど》って述べるならば、吾々が四五十年前はじめて打《ぶ》つかった、また今でも接触を避けるわけにゆかないかの西洋の開化というものは我々よりも数十倍労力節約の機関を有する開化で、また我々よりも数十倍娯楽道楽の方面に積極的に活力を使用し得《う》る方法を具備した開化である。粗末な説明ではあるが、つまり我我が内発的に展開して十の複雑の程度に開化を漕《こ》ぎつけたおりもおり、図《はか》らざる天の一方から急に二十三十の複雑の程度に進んだ開化が現われて俄然《がぜん》として我等に打って懸ったのである。この圧迫によって吾人は已を得ず不自然な発展を余儀なくされるのであるから、今の日本の開化は地道にのそり〳〵と歩くのでなくって、やッと気合を懸けてはぴょい〳〵と飛んでゆくのである。開化のあらゆる階段を順々に踏んで通る余裕を有たないから、できるだけ大きな針でぼつ〳〵縫って過ぎるのである。足の地面に触れるところは十尺を通過するうちにわずか一尺くらいなもので、他の九尺は通らないのと一般である。私の外発的という意味はこれでほゞ御了解になったろうと思います。

そういう外発的の開化が心理的にどんな影響を吾人に与うるかというとちょっと変なもの

になります。心理学の講筵《こうえん》でもないのにむずかしいことを申上《もうしあ》げるのもいかゞと存じますが、必要の個所だけをごく簡易に述べて再び本題に戻《もど》るつもりでありますから、しばらく御辛抱を願います。我々の心は絶間なく動いている。あなたがたは今私の講演を聴いておいでになる、私は今あなたがたを前に置いてなにかいっている、双方ともにこういう自覚がある。それにお互の心は動いている。働いている。これを意識というのであります。この意識の一部分、時に積れば一分間くらいのところを絶間なく動いている大きな意識から切り取って調べてみるとやはり動いている。その動き方は別に私が発明したわけでもなんでもない、たゞ西洋の学者が書物に書いた(11)とおりをもっともと思うから紹介するだけでありますが、すべて一分間の意識にせよ三十秒間の意識にせよその内容が明瞭《めいりょう》に心に映ずる点からいえば、のべつ同程度の強さを有して時間の経過に頓着《とんじゃく》なくあたかも一つ所にこびり付いたように固定したものではない。必ず動く。動くにつれて明かな点と暗い点ができる。その高低を線で示せば平たい直線では無理なので、やはりいくぶんか勾配《こうばい》の付いた弧線すなわち弓形《ゆみがた》の曲線で示さなければならなくなる。こんなに説明するとかえって込み入ってむずかしくなるかもしれませんが、学者は分ったことを分りにくくいうもので、素人《しろうと》は分らないことを分ったように呑《の》込《こ》んだ顔をするものだから非難は五分々々である。今いった弧線とか曲線とかいうことをもそっと砕いてお話をすると、物をちょっと見るのにも、見てこれがなんであるかということがハッキリ分るにはある時間を要するので、すなわち意識が下の方から一定の時間を経て頂点へ上《のぼ》ってきてハッキリして、あゝこれだなと思う時がくる。それをなお見詰めていると今度は視覚が鈍くなって多少ぼんやりしはじめるのだからいったん上の方へ向いた意識の方向がまた下を向いて暗くなりかける。これは実験してごらんになると分る。実験といっても機械などは要《い》らない。頭の中がそうなっているのだからたゞ試《ため》しさえすれば気が付くのです。本を読むにしてもAという言葉とBという言葉とそれからCという言葉が順々に並んでいればこの三つの言葉を順々に理解してゆくのが当り前《あたりまえ》だからAが明かに頭に映る時はBはまだ意識に上らない。Bが意識の舞台に上りはじめる時にはもうAのほうは薄ぼんやりしてだんだん識域のほうに近づいてくる。BからCへ移るときはこれと同じ所作を繰返《くりかえ》すにすぎないのだから、いくら例を長くしても同じことであります。これはきわめて短時間の意識を学者が解剖して吾々に示したものでありますが、この解剖は個人の一分間の意識のみならず、一般社会の集合意識にも、それからまた一日一月もしくは一年ないし十年のあいだの意識にも応用の利く解剖で、その特色は多人数になったって、長時間に亘ったって、いっこう変りはないことと私は信じているのであります。たとえてみればあなたがたという多人数の団体が今こゝで私の講演を聴いておいでになる。聴いていないかたもあるかもしれないが、まア聴いているとする。そうするとその個人でない集合体のあなたがたの意識の上には今私の講演の内容が明かに入《はい》る。と同時に、この講演に来るまえあなたがたが経験されたこと、すなわち途中で雨が降りだして着物が濡《ぬ》れたとか、また蒸し暑くて途中が難儀であったとかいう意識は講演のほうが心を奪うにつれて、だん〳〵不明瞭《ふめいりよう》不確実になってくる。またこの講演が終って場外に出て涼しい風に吹かれでもすれば、あゝ好い心持だという意識に心を専領されてしまって講演のほうはピッタリ忘れてしまう。私からいえばまったく有難《ありがた》くない話だが事実だから已を得ないのである。私の講演を行住座臥《ざが》ともに覚えていらっしゃいといっても、心理作用に反した注文なら誰も承知する者はありません。これと同じようにあなたがたといういやはり一個の団体の意識の内容を検してみるとたとえ一か月に亘ろうが一年に亘ろうが一か月には一か月を括るべき炳乎《へいこ》たる意識があり、また一年には一年を纏めるに足る意識があって、それからそれへと順次に消長しているものと私は断定するのであります。吾々も過去を顧みてみると中学時代とか大学時代とか皆特別の名のつく時代でその時代々々の意識が纏っております。日本人総体の集合意識は過去四五年前には日露戦争の意識だけになり切っておりました。その後日英同盟(12)の意識で占領された時代もあります。かく推論の結果心理学者の解剖を拡張して集合の意識やまた長時間の意識のうえに応用して考えてみますと、人間活力の発展の経路たる開化というものの動くラインもまた波動を描いて弧線をいくつもいくつも繋ぎ合せて進んでゆくといわなければなりません。むろん描かれる波の数は無限無数で、その一波々々の長短も高低も千差万別でありましょうが、やはり甲の波が乙の波を呼出《よびだ》し、乙の波がまた丙の波を誘い出して順次に推移しなければならない。一言にしていえば開化の推移はどうしても内発的でなければ嘘だと申上げたいのであります。ちょっとした話が私は今こゝで演説をしている。するとそれをお聞きになる貴方《あなた》がたのほうからいえば初めの十分間くらいは私がなにを主眼にいうかよく分らない、二十分目くらいになってようやく筋道が付いて、三十分目くらいにはようやく油がのって少しはちょっと面白くなり、四十分目にはまたぼんやりしだし、五十分目には退屈《たいくつ》を催し、一時間目には欠伸《あくび》が出る。とそう私の想像どおりゆくかゆかないか分りませんが、もしそうだとするならば、私がむりにここで二時間も三時間も喋舌《しゃべ》っては、あなたがたの心理作用に反して我《が》を張ると同じことで決して成功はできない。なぜかといえばこの講演がその場合あなたがたの自然に逆《さから》った外発的のものになるからであります。いくら咽喉《のど》を絞り声を嗄《か》らして怒鳴《どな》ってみたって貴方がたはもう私の講演の要求の度を経過したのだから不可《いけ》ません。あなたがたは講演よりも茶菓子が食いたくなったり酒が飲みたくなったり氷水が欲《ほ》しくなったりする。そのほうが内発的なのだから自然の推移で無理のないところなのである。

これだけ説明しておいて現代日本の開化に後戻《あともどり》をしたらたいてい大丈夫《だいじょうぶ》でしょう。日本の開化は自然の波動を描いて甲の波が乙の波を生み乙の波が丙の波を押し出すように内発的に進んでいるかというのが当面の問題なのですが残念ながらそういっていないので困るのです。いっていないというのは、先ほども申したとおり活力節約活力消耗の二大方面においてちょうど複雑の程度二十を有しておったところへ、俄然《がぜん》外部の圧迫で三十代まで飛び付かなければならなくなったのですから、あたかも天狗《てんぐ》にさらわれた男のように無我夢中で飛び付いてゆくのです。その経路はほとんど自覚していないくらいのものです。もと〳〵開化が甲の波から乙の波へ移るのはすでに甲は飽いていたゝまれないから内部欲求の必要上ずるりと新《あた》らしい一波を開展するので甲の波の好所も悪所も酸いも甘いも嘗《な》め尽したうえにようやく一生面を開いたといって宜《よろ》しい。したがって従来経験し尽した甲の波には衣《ころも》を脱いだ蛇《へび》と同様未練もなければ残り惜しい心持もしない。のみならず新たに移った乙の波に揉《も》まれながら毫《ごう》も借り着をして世間体を繕っているという感が起らない。ところが日本の現代の開化を支配している波は西洋の潮流でその波を渡る日本人は西洋人でないのだから、新らしい波が寄せるたびに自分がそのなかで食客《いそうろう》をして気兼《きがね》をしているような気持になる。新らしい波はとにかく、今しがたようやくの思《おもい》で脱却した旧《ふる》い波の特質やら真相やらも弁《わきま》えるひまのないうちにもう棄《す》てなければならなくなってしまった。食膳《しよくぜん》に向って皿《さら》の数を味《あじわ》い尽すどころか元来どんな御馳走《ごちそう》が出たかハッキリと目に映じないまえにもう膳を引いて新らしいのを並べられたと同じことであります。こういう開化の影響を受ける国民はどこかに空虚の感がなければなりません。またどこかに不満と不安の念を懐《いだ》かなければなりません。それをあたかもこの開化が内発的ででもあるかのごとき顔をして得意でいる人のあるのは宜しくない。それはよほどハイカラです、宜しくない。虚偽でもある。軽薄でもある。自分はまだ煙草を喫《す》ってもろくに味さえ分らない子供《こども》のくせに、煙草を喫ってさも旨そうなふうをしたら生意気でしょう。それをあえてしなければ立ち行かない日本人はずいぶん悲酸な国民といわなければならない。開化の名は下せないかもしれないが、西洋人と日本人の社交を見てもちょっと気が付くでしょう。西洋人と交際をする以上、日本本位ではどうしても旨くゆきません。交際しなくとも宜いといえばそれまでであるが、情《なさ》けないかな交際しなければいられないのが日本の現状でありましょう。しかして強いものと交際すれば、どうしても己《おのれ》を棄てて先方の習慣に従わなければならなくなる。我々があの人は肉刺《フォーク》の持ちようも知らないとか、小刀《ナイフ》の持ちようも心得ないとかなんとかいって、他を批評して得意なのは、つまりはなんでもない、たゞ西洋人が我々より強いからである。我々のほうが強ければあっちにこっちの真似《まね》をさせて主客の位地を易《か》えるのは容易のことである。がそうゆかないからこっちで先方の真似をする。しかも自然天然に発展してきた風俗を急に変えるわけにいかぬから、たゞ器械的に西洋の礼式などを覚えるよりほかに仕方がない。しぜんと内に発酵して醸《かも》された礼式でないから取ってつけたようではなはだ見苦しい。これは開化じゃない、開化の一端ともいえないほどの些細《ささい》なことであるが、そういう些細なことに至るまで、我我の遣《や》っていることは内発的でない、外発的である。これを一言にしていえば現代日本の開化は皮相上滑《うわすべ》りの開化であるということに帰着するのである。むろん一から十までなにからなにまでとはいわない。複雑な問題に対してそう過激の言葉は慎まなければ悪いが我我の開化の一部分、あるいは大部分はいくら己惚《うぬぼ》れてみても上滑りと評するより致《いた》し方《かた》がない。しかしそれが悪いからお止《よ》しなさいというのではない。事実已むを得ない、涙を呑んで上滑りに滑ってゆかなければならないというのです。

それでは子供が背《せな》に負われて大人《おとな》といっしょに歩くような真似をやめて、じみちに発展の順序を尽して進むことはどうしてもできまいかという相談が出るかもしれない。そういう御相談が出れば私はないこともないとお答をする。が西洋で百年かゝってようやく今日に発展した開化を日本人が十年に年期をつゞめて、しかも空虚の譏《そしり》を免《まぬ》かれるように、誰が見ても内発的であると認めるような推移をやろうとすればこれまた由由《ゆゆ》しき結果に陥るのでありまず。百年の経験を十年で上滑りもせず遣りとげようとするならば年限が十分一に縮まるだけわが活力は十倍に増さなければならんのは算術の初歩を心得たものさえ容易《たやす》く首肯するところである。これは学問を例にお話をするのがいちばん早分《はやわか》りである。西洋の新らしい説などを生嚙《なまかじ》りにして法螺《ほら》を吹くのは論外として、ほんとうに自分が研究を積んで甲の説から乙の説に移りまた乙から丙に進んで、毫《ごう》も流行を追うの陋態《ろうたい》なく、またことさらに新奇を衒《てら》うの虚栄心なく、まったく自然の順序階級を内発的に経て、しかも彼等西洋人が百年も掛ってようやく到着し得た分化の極端に、我々が維新後四五十年の教育の力で達したと仮定する。体力脳力ともに吾等《われら》よりも旺盛《おうせい》な西洋人が百年の歳月を費したものを、いかに先駆の困難を勘定に入れないにしたところでわずかその半《なかば》に足らぬ歳月で明々地(13)に通過しおわるとしたならば吾人はこの驚くべき知識の収穫を誇り得ると同時に、一敗また起つあたわざるの神経衰弱に罹《かゝ》って、気息奄々《えんく》として今や路傍に呻吟《しんぎん》しつゝあるは必然の結巣としてまさに起るべき現象でありましょう。現に少し落ち付いて考えてみると、大学の教授を十年間一生懸命《いっしょうけんめい》にやったら、たいていの者は神経衰弱に罹りがちじゃないでしょうか。ピン〳〵しているのは、皆嘘の学者だと申しては語弊があるが、まあどっちかといえば神経衰弱に罹るほうが当り前のように思われます。学者を例に引いたのは単に分り易いためで、理屈は開化のどの方面へも応用できるつもりです。

すでに開化というものがいかに進歩しても、案外その開化の賜《たまもの》として吾々の受くる安心の度は微弱なもので、競争その他からいら〳〵しなければならない心配を勘定に入れると、吾人の幸福は野蛮時代とそう変りはなさそうであることは前《ぜん》お話ししたとおりであるうえに、今いった現代日本が置かれたる特殊の状況によって吾々の開化が機械的に変化を余儀なくされるためにたゞ上皮《うわかわ》を滑ってゆき、また滑るまいと思って踏張《ふんば》るために神経衰弱になるとすれば、どうも日本人は気の毒といわんか憐《あわ》れといわんか、まことに言語道断の窮状に陥ったものであります。私の結論はそれだけにすぎない。あゝなさいとか、こうしなければならぬとかいうのではない。どうすることもできない、実に困ったと嘆息するだけで極めて悲観的の結論であります。こんな結論にはかえって到着しないほうが幸であったのでしょう。真というものは、知らないうちは知りたいけれども、知ってからはかえってア、知らないほうが宜かったと思うことが時々あります。モーパサンの小説(14)に、ある男が内縁の妻に厭気《いやき》がさしたところから、置手紙かなにかして、妻を置き去りにしたまゝ友人の家へ行って隠れていたという話があります。すると女のほうではたいへん怒《おこ》ってとう〳〵男の所在《ありか》を捜し当てて怒鳴り込みましたので男は手切金《てぎれきん》を出して手を切る談判を始めると、女はその金を床《ゆか》の上に叩きつけて、こんなものが欲《ほ》しいので来たのではない、もしほんとうにあなたが私を捨てる気ならば私は死んでしまう、そこにある（三階か四階の）窓から飛下《とびお》りて死んでしまうと言った。男は平気な顔を装ってどうぞといわぬばかりに女を窓の方へ誘う所作をした。すると女はいきなり馳《か》けていって窓から飛下りた。死にはしなかったが生れも付かぬ不具《かたわ》になってしまいました。男もこれほど女の赤心が目の前へ証拠立てられる以上、普通の軽薄な売女《ばいた》同様の観をなして、女の貞節を今まで疑っていたのを後悔したものとみえて、再び故《もと》の夫婦に立ち帰って、病妻の看護に身を委《ゆだ》ねたというのがモーパサンの小説の筋ですが、男の疑《うたがい》も好い加減な程度で留めておけばこれほどの大事には至らなかったかもしれないが、そうすれば彼の懐疑は一生徹底的に解ける日は来なかったでしょう。またこゝまで押してみれば女の真心《まごころ》が明かになるにはなるが、取返《とりかえ》しの付かない残酷な結果に陥った後から回顧してみれば、やはり真実懸価《かけね》のない実相は分らなくても好いから、女を片輪《かたわ》にさせずにおきたかったでありましょう。日本の現代開化の真相もこの話と同様で、分らないうちこそ研究もしてみたいが、こう露骨にその性質が分ってみるとかえって分らない昔のほうが幸福であるという気にもなります。とにかく私の解剖したことがほんとうのところだとすれば我々は日本の将来というものについてどうしても悲観したくなるのであります。外国人に対して乃公《おれ》の国には富士山があるというような馬鹿は今日はあまりいわないようだが、戦争以後一等国になったんだという高慢な声は随所に聞くようである。なかなか気楽な見方をすればできるものだと思います。ではどうしてこの急場《きゅうば》を切り抜けるかと質問されても、前《ぜん》申したとおり私には名案もないにもない。たゞできるだけ神経衰弱に罹らない程度において、内発的に変化してゆくがよかろうというような体裁《ていさい》の好いことをいうよりほかに仕方がない。苦《にが》い真実を臆面《おくめん》なく諸君の前にさらけ出して、幸福な諸君にたとい一時間たりとも不快の念を与えたのは重々お詫《わ》びを申し上げますが、また私の述べ来《きた》ったところもまた相当の論拠と応分の思索の結果から出た生真面目《きまじめ》の意見であるという点にも御同情になって悪いところは大目《おおめ》に見ていたゞきたいのであります。（明治四十四年八月和歌山において述）

（明治四四・一一・一〇『朝日講演集』）

（1）玉津島《たまつしま》　和歌山市和歌の浦にある玉津島明神。住吉神・人麻呂社とならんで和歌三神と称する。「行人」（兄）の二十二に「玉津島明神」と出ている。

（2）紀三井寺《きみいでら》　和歌山市紀三井寺にある、宝亀元年（770）唐僧為光上人が開いた真言宗の寺。大津市の三井寺と区別するために「紀三井寺」という。「行人」（兄）の二十二に使われている。明治四十四年（1911）八月十四日の日記に「……玉津島明神の傍《そば》から電車に乗って紀三井寺に参詣《さんけい》。牧君と余は石段に降参す」とある。

（3）和歌の浦　紀伊半島西南部にある古くからの名所。前記八月十四日の日記に「九時五十二分の汽車で和歌山に行くことにする。和歌山からすぐ電車で和歌の浦に着。あしべやの別荘には菊池総長がいるので、望海楼というのにとまる」とある。

（4）這裏《しやり》　このうち。

（5）敢為邁往《かんいまいおう》　自らすすんで元気一杯につき進むこと。

(6) さがり松　和歌の浦の名所の一。

(7) 権現様《ごんげん》　東照宮。八月十五日の日記に、そこに参詣した記録がある。また「行人」（兄）十八以下では、この境内が重要な舞台にされている。

(8) エレベーター　八月十四日の日記に「…望海楼というのにとまる。晩がた裏のエレベーターに上る。東洋第一海抜二百尺とある。岩山のいたゞきに茶店あり猿が二匹いる」とあり、また、「行人」（兄）十六には、主人公と兄が二人でこれに乗る、という場面がある。

(9) パラドックス　paradox（英）。逆説。

(10) 三韓《さんかん》　三世紀ごろ、朝鮮半島の中南部に成立した韓族による三つの部族国家連合のことで、馬韓・辰韓・弁韓の三つをまとめていう。

(11) 西洋の学者が……　イギリスの心理学者 Lloyd Morgan 著の『比較心理学』をさす。漱石は、その「文学論」第一編第一章の中でも、これを詳しく紹介している。

(12) 日英同盟　明治三十五年（1902）締結された英国との同盟条約。当時海外市場開拓の必要に迫られていたわが国は、ロシアに対抗して満州に市場を確保するためにこれを結んだ。

(13) 明々地　あきらかなこと、明白なこと。

(14) モーパサンの小説　「モデル」“Le Modele”(1883) をさす。

(15) 乃公《おれ》の国には富士山がある　「三四郎」に、三四郎が熊本から上京する列車の中で聞いた広田先生の意見として出ている。

二　皮相的な社会へ抗す——「現代日本の開化」（一九一一・八・一五）

（小森陽一）

「開化」という概念を、改めて定義してみる

和歌山県会議事堂で行われた「現代日本の開化」と題された講演は、夏目漱石の文明批判の中心として位置づけられてきた。明治国家の基本路線としての「文明開化」「富国強兵」政策の要《かなめ》となる「開化」という概念について、漱石は正面から論じたのである。

講演の題名について漱石は「現代」「日本」「開化」という三つの概念があり、その間に「の」が入っているだけだとし、順番にはこだわらないと話を切り出す。「日に何遍《なんべん》も繰返《くりかえ》している」「開化」という概念を、改めて定義してみる試みである。

「開化」という概念を一義的に定義することは不可能で、実体化することは危険だと、漱石

はまず断っている。その上で「開化は人間活力の発現の経路である」とし、「時の流《ながれ》」の中で「根本的に性質の異った二種類の活動」となったとしている。

「根本的に性質の異った二種類の活動」のうちの一つは、「積極的のもの」である。すなわち「外界の刺激に反応」するにあたって、自ら「活力消耗」を好んですることだ。

「活力消耗」と「勢力の消耗」を厭《いと》わない「積極的」な「開化」とは、「みずから進んで」「適意」の「外界の刺激」を「求め」「あたうだけの活力を這裏《しやり》に消耗して快を取る手段」だと漱石は定義している。つまり自分が本当に好きでやりたいことであれば、その実践は「快」を得るだけなので、そこにどれだけエネルギーを費やしても苦にならない。むしろエネルギーを投入すればするほど「快」は増進するのである。これが「活力消耗の趣向」である。

人間は先天的に「快」を求め不快を避けようとするという考え方は、フロイトの「快感原則」に従った欲望充足のための行動という認識にきわめて近い。自らの行動が「快」を得るためであれば、人間は「あたうだけの活力」を投入しても全く苦にならないばかりか、「活力」を使えば使うほど「快」は増進していくのである。

したがって、この「積極的」「開化」は、「普通の言葉で道楽という名のつく刺激に対し起るもの」なのだと漱石は説明する。「現代日本の開化」が二日前の「道楽と職業」という講演と連結していることがわかる。

「快」のために凝らされる「工夫」と「趣向」

この「積極的」「開化」に対する「消極的」な「開化」は、「活力節約の行動」となって現象する。「職業」がまさにそういう領域なのだ。他者から「強《し》いられて已《やむ》を得ずする仕事はできるだけ分量を圧搾《あっさく》して手軽に済ましたい」と人は思うのである。「人から強《し》いられ」た仕事を片づけて、「早く自由になりたい」と思う「根性が常に胸の中《うち》に付《つ》け纏《まつわ》っている」、この「根性」が「活力節約の工夫となって開化なるものの一大原動力を構成する」と漱石は力説している。

まず、他者から強いられた、自発的にやりたいわけではない、義務としての「仕事」がある。この考え方は「道楽と職業」における「他人本位」の「職業」のとらえ方と重なっている。やりたくない「仕事」なのだから、なるべく自分の「活力」を使わないで済む、「節約」のための「工夫」をすることになる。これが「活力節約の行動」にほかならない。

これに対して「活力消耗の趣向」の場合は、「外界の刺激」は、自分の「求め」る欲望の対象なのであり、その欲望を実現すれば「快」を得られるのだから、自分の「活力」をいくらでも「消耗」してもかまわないのである。

「活力」を「消耗」すればするほど、「快」が得られるのだから、「消耗」するための「工夫」としての「趣向」が練られていくのである。

「横着心の発達した便法にすぎない」

「活力節約の行動」と「活力消耗の趣向」は、「節約」と「消耗」だけに注目すると二項対立的な概念のようにとらえてしまうが、少し考えてみると、全く異質な論理の下にある、非対称な関係に措《お》かれていることがわかる。

第一に「活力」を使うことに対して前者の場合は不快で、後者は「快」となる。第二に前者では他者から「義務」が与えられて行動するのに対し、後者では自己の欲望にしたがって行動するのである。第三に前者の場合、なるべく「仕事」に力を使われないための「工夫」に力が注がれるのに対し、後者の場合は「外界の刺激」そのものに身をゆだねることが「快」につながる。

「積極的」な「開化」は、人が自分の「個性」から発する欲望とその実現による快楽に忠実になり、そこに「活力」を使って、「消耗」していくときに現象する。「道楽と職業」との関連で言えば、「自己本位」としての「道楽」をしているときが、「積極的」「開化」なのだ。

「積極的」「開化」の成果は、「道楽」と「職業」の論点でもあったように、多くの場合芸術の領域や学問の領域であらわれることになる。
それに対して「消極的」「開化」の場合は、同じ「仕事」をするにしても、「工夫」をすれば、「活力節約が可能になる」ことを追求するのだ。その実践が「活力節約の行動」である。いわゆる西洋からもたらされた、機械文明としての文明開化は、この「消極的」「開化」にすぎない、と漱石は断定する。

活力節約のほうからいえばできるだけ労働を少なくしてなるべくわずかな時間に多くの働きをしよう〳〵と工夫する。その工夫が積《つも》り積って汽車汽船はもちろん電信電話自動車たいへんなものになりますが、元《もと》を糾《たゞ》せば面倒《めんどう》を避けたい横着心《おうちゃくしん》の発達した便法にすぎないでしょう。

まず産業革命以後の、「汽車汽船」が槍玉《やりだま》に挙げられていく。化石エネルギーである石炭を燃やして水を水蒸気にし、それによって動かすものだ。
次に電気エネルギーを使用する電気通信システムとしての「電信電話」、液状の化石エネルギーである石油から精製される軽油やガソリンを爆発させる内燃機関で駆動する「自動車」、機械文明の輝かしい成果だとされてきた交通交信手段が、一括されて「横着心《おうちゃくしん》の発達した便法にすぎない」と漱石によって切り捨てられるのだ。

利便性という近代資本主義システムを貫いている、根底的な価値観の一つによって生みだされた機械文明を、「横着心《おうちゃくしん》の発達した便法にすぎない」と批判しつくしたところに、百年以上前の夏目漱石の文明批評の要がある。

「できるだけ身体《からだ》は使いたくない」となると「人力車」が発明され、「自転車」となり「電車にも変化し自動車または飛行器にも化け」るのだ。「歩かないで用を足す工夫」をして、「訪問が郵便になり、郵便が電報になり、その電報がまた電話になる」のである。なるべく「活力消耗」をしないようにする工夫、「身を粉《こ》にしてまで働いて生きているんじゃ割に合わない、馬鹿《ばか》にするない冗談《じょうだん》じゃねえという発憤」こそが、「怪物のように辣腕《らつわん》な器械力と豹変《ひょうへん》した」と漱石はとらえている。「器械力」が発明される歴史的経緯それ自体が「現代日本の開化」なのだ。

「辣腕な器械力」が日本を変えた

「現代日本の開化」の一つの契機は、マシュー・ペリー（一七九四～一八五八）による開国の要求であった。ペリーはアメリカで初めての蒸気軍艦を建造し、「蒸気海軍の父」と呼ばれた。アメリカ＝メキシコ戦争（一八四六～四八）を勝利に導いたペリーは、一八五二年三月、フィルモア大統領から東インド、日本、三十海域艦隊司令長官兼遣日特使に任命され、翌年七月軍艦四隻で浦賀《うらが》に来航し、日本に開化を迫ったのであった。

一八五四年二月一三日、蒸気船三隻を含む軍艦七隻で横須賀《よこすか》沖にあらわれたペリーは、幕府の応接掛を横浜《よこはま》応接所での条約締結交渉に踏み切らせ、三月三一日に日米和親条約が結ばれた。

「辣腕《らつわん》な器械力」が日本を変えたのだ。

「器械力」という「怪物の力で距離が縮まる、時間が縮まる、手数が省ける、すべての義務的の労力が最少低額に切詰《きりつ》められたうえにまた切詰められてどこまで押してゆくか分らない」状況に現在はなってしまっている、と漱石は認識している。

「積極的」「開化」と「消極的」「開化」の「二種類」が相互にからみ合いながら「経となり緯となり千変万化錯綜《さくそう》して現今のように混乱した開化という不可思議な現象ができる」のである。

これが「一般の開化」だとすると、「日本の開化」をどうとらえれば良いのか。

もし一言にしてこの問題を決しようとするならば私はこう断じたい、西洋の開化（すなわち一般の開化）は内発的であって、日本の現代の開化は外発的である。こゝに内発的というのは内から自然に出て発展するという意味でちょうど花が開くようにおのずから蕾《つぼみ》が破れて花弁が外に向《むか》うのをいい、また外発的とは外からおっかぶさった他の力で已むを得ず一種の形式を取るのを指《さ》したつもりなのです。

「日本の現代の開化は外発的である」という認識が、この講演後半の重要な論点となる。ペリー来航による開国以来、日本は欧米列強がすでに保有していた「器械力」という「怪物の力」で、「急に自己本位の能力を失って外から無理押しに押されて否応《いやおう》なしにそのいうとおりにしなければ立ち行かないという有様になった」のである。「時々に押され刻々に押されて今日に至った」というのが、「御維新《ごいっしん》後外国と交渉を付けた以後の日本の開化」の内実なのである。それは「外発的の開化」以外の何ものでもないと漱石は言う。

「皮相上滑りの開化である」

明治の日本人は「あたかも天狗《てんぐ》にさらわれた男のように無我夢中で」「西洋」から押し寄せてくる「開化」に「飛び付いてゆ」かねばならない。押し寄せてくる「波は西洋の潮流でその波を渡る日本人は西洋人でないのだから、新らしい波が寄せるたびに自分がそのなかで食客《いそうろう》をして気兼《きがね》をしているような気持になる」のである。自己疎外の連続としての「現代日本の開化」の姿が浮き彫りになる。

漱石は断言する。「一言にしていえば現代日本の開化は皮相上滑《うわすべ》りの開化である」と。しかも「体力脳力ともに吾等《われら》よりも旺盛《おうせい》な西洋人が百年の歳月を費したものを」「その半《なかば》に足らぬ歳月で明々地に通過しおわる」とすれば、「この驚くべき知識の収穫を誇り得ると同時に、一敗また起つあたわざるの神経衰弱に罹《かゝ》って、気息奄々《えんく》として今や路傍に呻吟《しんぎん》しつゝあるは必然の結果」だと漱石は警告する。「日本人は気の毒といわんか憐《あわ》れといわんか、まことに言語道断の窮状に陥った」というのが「私の結論」だと、漱石は講演を終える。

第三章　中味と形式

私はこの地方にいるものではありません、東京の方に平生住《すま》っております。今度大阪の社のほうで講演会を諸所で開きますについて、助勢をしろという命令――だか通知だか依頼だかとにかく催しに参加しなければならないような相談を受けました。それでわざ〳〵出てまいりました。もっともこの堺《さかい》だけでお話をしてすぐ東京表《おもて》へ立ち帰るというわけでもないので、現に明石《あかし》の方へ行きましたり、和歌山の方へ参りましたり、明日はまた大阪でやる手順になっております。むろん話すことさえあれば、どこへ行ってなにを遣《や》っても差支《さしつかえ》ないはずですが、暑中の際そう〳〵身体《からだ》も続きませぬから、好《い》い加減《かげん》のところで断りたいと思っておりました。しかしこの堺は当初からの約束でぜひなにか講話をすべきはずになっておりましたから私のほうもそれは覚悟のうえで参りました。したがってしっかりしたお話らしいお話をしなければならないわけでありますが、どうもそう旨《うま》くゆかないからはなはだお気の毒です。たゞいまは高原君が樺太《からふと》旅行談つけたり海豹島《かいひょうとう》(1)などの話をされましたが実地の見聞談でまことに有益でもあり、かつ面白《おもしろ》く聴《き》いておりました。私のは諸君に興味または利益を与えるという点において、とても高原君(2)ほどに参りませぬ。高原君は御覧のとおりフロックコートを着ておりましたが、私はこのとおり背広《せびろ》で御免蒙《こうむ》るようなわけで、お話の面白さもまたこの服装の相違くらい懸隔しているかもしれませんから、まずその辺のところと思って辛抱《しんぼう》してお聴きを願います。高原君はしきりに聴衆諸君に向《むか》って厭《いや》になったら遠慮なく途中でお帰りなさいといわれたようですが私は厭になってもぜひ聴いていていたゞきたいので、その代り高原君ほど長くは遣《や》りません。この暑いのにそう長く遣ってはなんだか脳貧血でも起しそうで危険ですからできるだけ縮めてさっさと片付《かたづ》けますから、そのあいだは帰らずに、暑くても我慢《がまん》をして、終った時に拍手喝采《かっさい》をして、そうして目出たく閉会《へいかい》をしてください。

私は先年堺へ来たことがあります。これはよほど前私がまだ書生時代のことで、明治二十何年になりますか、なんでもよほど久しいことのように記憶しております。実をいうと今登った高原君、あれは私が高等学校で教えていた時分のお弟子《でし》であります。あゝいう立派《りっぱ》なお弟子を持っているくらいでありますから、私もよほど年を取りました。その私がまだ若い時のことですからまあ昔といっても宜《よろ》しゅうございましょう。今考えるとほとんどその時に見た堺の記憶というものはありませんが、なんでも妙国寺(3)というお寺へ行って蘇鉄《そてつ》を探《さが》したように覚えております。それからそのお寺の傍《かたわら》に小刀や包丁を売る店があって記念のためちょっとした刃物をそこで求めたようにも覚えています。それから海岸へ行ったら大きな料理店があったようにも記憶しています。その料理店の名はたしか一力《いちりき》とかいいました。すべてがぼんやりして思い出すとまるで夢のようであります。その夢のような堺へ今日はからずも来て再び昔の町を車に揺られながら通ってみると非常に広いような心持がする。停車場からこの会場までの道程《みちのり》もだいぶある。こう申しては失礼であるが昔見た時はごくケチな所であったかのようにしか、頭に映じないのであります。それで車の上で感服したような驚いたような顔をして、きょろ〳〵見回してくると所所の辻々《つじ〳〵》に講演の看板といいますか、広告といいますか、夏目漱石君などというような名前《なまえ》が墨黒々と書いて壁に貼《は》り付《つ》けてある。なんだか雲右衛門[4]かなにかが興行のため乗り込んだようである。社のほうからいえばあのほうが宜《よ》いのでしょうが、夏目漱石氏からいえばあゝ曝《さら》しものになるのはあまり難有《ありがた》くない。なお車の上で観察すると往来の幅がはなはだ狭い。がそれは問題ではない、私の妙に感じたのはその細い往来がヒッソリして非常に静かに昼寝《ひるね》でもしているように見えたことであります。もっとも夏の真午《まひる》だからあまり人が戸外に出る必要のない時間だったのでしょう、私がこゝに着いたのはちょうど十二時少し過《すぎ》でありました。二階へ上《あが》って長い廊下のはずれに見える会場の入口から中の方を見渡すと、少し人の頭が黒く見えたくらいで、市内がヒッソリしているごとく聴衆もまたヒッソリしている。これは幸いだ——とは思いません、また困ったとまでも思いません。けれどもまあ不入りだろうと考えながら控席《ひかえせき》へ入《はい》って休息していると、いつのまにやらこんなに人が集ってきた。この講堂にかくまで詰め懸《か》けられた人数の景況から推《お》すと堺という所は決して吝《けち》な所ではない、偉《えら》い所に違いない。市中があれほどヒッソリしているにかゝわらず、時間が来さえすればこれほど多数の聴衆がお集まりになるのは偉い、よほど講演趣味の発達した所だろうと思われる。私もせっかく東京からわざ〳〵出てきたものでありますから、成ろうことならば講演趣味の最も発達した堺のような所で、一度でも講演をすればまことに心持が好《よ》い。だから諸君もその志を諒《りょう》として、終《しま》いまで静粛にお聴きにならんことを希望します。このくらいにしてこゝに張り出した「中味《なかみ》と形式」という題にでも移りますかな。

　第一、題からしてあまり面白そうにはみえません。中味はむろん詰《つま》らなそうです。私は学会の演説は時々依頼を受けてやることがありますが、こういう公衆、すなわち種々の職業を有《も》ったかたがお集まりになった席ではあまりお話をした経験がありません。また頼みにもきません。頼まれてもたいていは断ります。と申すのは種々の職業を有っておられるかた〴〵のすべてに興味のあるようなことは、私の研究の範囲、あるいは興味の範囲からしてとても力に及ばないという掛念《けねん》があるからです。でなるべくは避けておりますが、已《や》むを得ず今日のような場合には、できるだけ一般の人に興味のあるために、社会問題というようなものを択《えら》みます。けれどもその社会の見方《みかた》とかあるいは人間の観察の仕方とかがまたしぜん私の今日までやった学問やら研究に煩わされてどうも好きなほうばかりへ傾き易《やす》いのは免かれがたいところでありますから、職業のいかん、興味のいかんによっては、まことに面白くない駄《だ》弁《べん》に始って下《くだ》らない饒舌《じょうぜつ》に終ることだろうと思うのです。のみならずこれから遣る中味と形式という問題が今申したとおりあまり乾燥して光沢気《つやけ》の乏しいみだしなのでことさら懸念《けねん》を先へ進みましょう。が言訳《いいわけ》はこのくらいでたくさんでしょうからそろ〳〵先へ進みましょう。

私は家に子供《こども》がたくさんおります。女が五人に男が二人《ふたり》、しめて七人、それでいちばん上の子供が十三ですから赤ん坊に至るまでズッと順よく並んでまあ体裁《ていさい》よく揃《そろ》っております。それはどうでも宜しいがかように子供が多うございますから、時々いろ〳〵の請求を受けます。跳《は》ねる馬を買ってくれとか動く電車を買ってくれとかいろ〳〵強請《ねだ》られるうちに、活動写真へ連れてゆけという注文がおり〳〵出ます。元来私は活動写真というものをあまり好きません。どうも芝居《しばい》の真似《まね》などをしたり変な声色《こわいろ》を使ったりして厭気《いやき》のさすものです。そのうえなんぞというと擲《なぐ》ったり蹴飛《けとば》したり惨酷な写真を入れるので子供の教育上ははなはだ宜しくないからなるべく遣りたくないのですが、子供のほうではしきりに行きたがるので——もっとも活動写真といったって必ず女が出てきて妙な科《しな》をするとは極《きま》っていない、なかには馬鹿気《かげ》て滑稽《こっけい》なのもたくさんありますから子供の見たがるのも無理ではないかもしれません。で三度に一度は頑固《がんこ》な私もつい連れ出されることがあります。監督者といいますか、なんといいますか、まず案内者あるいはお傅《もり》とでもいう格なんでしょう。暑いところへ入《はい》って鼻の頭へ汗の玉《たま》を並べて我慢《がまん》をして動かずにいることがあります。すると子供からよく質問を受けて弱るのです。もっとも滑稽物《こっけいもの》やなにかで帽子を飛ばして町内中逐《お》っかけてゆくといったような仕草《しぐさ》は、たゞそのまゝの可笑味《おかしみ》で子供だって見ていさえすれば分りますから質問の出る訳もありませんが、人情物、芝居《しばい》がかった続き物になると時々聞かれます。その問ははなはだ簡単でたゞどっちが善人でどっちが悪人かというだけなんです。私からいえばどっちも人間にはなっていない、善人にも悪人にもなっておらない。よしなっていたって、幼稚にしろ筋は子供の頭より込入《こみい》っているからそう一口に判断を下してやるわけにはゆかない。それでどうも迷児《まご》つかされることがたびたび出てくるのです。大人《おとな》からいえば、たゞ見ていて事件の進行と筋の運び方さえ腑《ふ》に落ちればそれで済むのですけれども、悲しいかな子供にはそれほど一部始終を呑《の》み込む頭がない。といってたゞ茫然《ぼうぜん》と幕に映る人物の影がしきりに活動するのを眺《なが》めているわけにもゆかない。どうかしてこの込み入った画《え》の配合や人間の立ち回りを鷲抓《わしづか》みに引っくるめてその特色を最も簡明な形式で頭へ入れたいについてはすでに幼稚な頭の中にいくぶんでも髣髴《ほうふつ》できる倫理上の二大性質――善か悪かを取り極《き》めてこの錯雑《さくざつ》した光景を締め括《く》りたい希望からこういう質問を掛《か》けるものと思われます。活動写真はまだ宜い。ところがお伽噺《とぎばなし》や歴史の本などを見て、昔の英雄などについてやはり同様に簡単な質問を掛けられることがある。太閤《たいこう》様と正成《まさしげ》とどっちが偉《えら》いとか、ワシントンとナポレオンとどっちが強いとか、常陸山《ひたちやま》(5)と弁慶《べんけい》と相撲《すもう》を取ったらどっちが勝つとか、なかには返答に困らないのもあるが、多くは挨拶《あいさつ》に窮する問題である。要するに複雑な内容を纏《まと》め得《う》る程度以上に纏めた簡略な形式にしてみせろと逼《せま》られるのだから困ります。もっとも近来は小学校などでも生徒に問題を出して日本の現代の人物中で誰《だれ》がいちばん偉いかなどと聞く先生がある。このあいだ私がある地方へ行ったらある新聞でそういう問題を出して小学生徒から答案の投書を募っていました。そのなかで自分のお父《とう》さんがいちばん偉いという答を寄こしたのがあると聞いてはなはだ面白く感じました。自分の親父《おやじ》が天下一の人物だなどは至極《しごく》好い了見《りょうけん》で結構です。それは余事であるが、とにかく先生や新聞などからして、日本にたった一人偉い人があって、その人は甲にも乙にも丙にも凌駕《りょうが》しているから中《あ》ててみろというような数学的の問題を出す世の中だから子供から質問が出るのも無理はない。しかし困ります。楠正成《くすのきまさしげ》と豊臣秀吉《とよとみひでよし》とどっちが偉いというが、見方でいろ〳〵な結論もできるし、そう白でなければ黒といったふうに手早く相場をつけるわけにもゆかないし、要するに複雑な知識があればあるほど面《めん》喰《くら》うようになります。

こんな例をお話しするのはたゞ馬鹿らしいからお笑草《わらいぐさ》にお聞きに入れるまでのことだとお思いになるかもしれんが、実はそうではない。こう批評してみるとなるほど子供は幼稚で気の毒なものだとしか取れませんが、その幼稚で気の毒のことを大人たる我々があえてしているのだからはなはだ情ない次第で、私は大人として子供はかくのごとくたわいないものだという証拠に自分の娘やなにかを例に引いたのではなく、かえって大人もまたこの例に洩《も》れぬ迂愚《うぐ》(6)なものだということを証明したいと思ってちょっと分り易い小児を例に用いたのであります。すべて政治家なり文学者なりあるいは実業家なりを比較する場合に誰《だれ》より誰のほうが偉いとか優《まさ》っているとかいって、一概に上下の区別を立てようとするのは、たいていの場合においてその道に暗い素人《しろうと》のやることであります。専門の知識が豊かでよく事情が精《くわ》しく分っていると、そう手短かに纏めた批評を頭の中に貯えて安心する必要もなく、また批評をしようとすれば複雑な関係が頭に明瞭《めいりょう》に出てくるからなか〳〵「甲より乙が偉い」という簡潔な形式によって判断が浮んでこないのであります。幼稚な知識を有った者、没分暁漢《ぼつぶんぎょうかん》(7)あるいは門外漢になると知らぬことを知らないで済《すま》しているのが至当であり、また本人もそのつもりで平気でいるのでしょうが、どうも処世上の便宜からそう無頓着《むとんじゃく》でいにくくなる場合があるのと、一つは物数《ものず》奇《き》にせよ問題の要点だけは胸に畳《たゝ》み込んでおくほうが心丈夫《こゝろじょうぶ》なので、とかく最後の判断のみを要求したがります。さてその最後の判断といえば善悪とか優劣とかそう範疇《はんちゅう》はたくさんないのですがむりにもこの尺度に合うようにどんな複雑なものでも委細お構《かまい》なく切り約《つゞ》められるものと仮定してかゝるのであります。中味は込入《こみい》っていて目がちら〳〵するだけだからせめて締括《しめくゝ》った総勘定だけ知りたいというなら、まだ穏当な点もあるが、どんな動物を見ても要するにこれは牛かい馬かいと牛馬一点張りですべて四つ足を品隲《ひんしつ》(8)されてはだいぶ無理ができる。門外漢というものはこの無理に気が付かない、また気が付いても構わない。どんな無理な判断でも与えてくれさえすれば安心する。だからお上《かみ》でも高等官(9)一等を拵《こしら》えてみたり、二等を拵えてみたり、あるいは学士・博士を拵えてみたりして門外漢に対して便宜を与え、一種の締括りある二字か三字の記号を本来の区別と心得て満足する連中に安慰を与えている。以上を一口にしていえばものの内容を知り尽した人間、中味の内に生息している人間はそれほど形式に拘泥《こうでい》しないし、また無理な形式を喜ばない傾《かたむき》があるが、門外漢になると中味が分らなくってもとにかく形式だけは知りたがる、そうしてその形式がいかにそのものを現《あらわ》すに不適当であってもなんでも構わずに一種の知識として尊重するということになるのであります。

これは複雑のことを簡略の例でお話をするのでありますから、そのつもりでお聴きを願いますが、ここに一つの平面があって、それに他の平面が交差しているとすると、この二つの平面の関係はなんで示すかというと、申すまでもなくその両面の喰違《くいちが》った角度である。どっちが高いのでもないどっちが低いのでもない。三十度の角度を為《な》しているとか、六十度の角度を為しているとかいえばきわめて明瞭でそれより以外に説明することも質問することもなんにもないのであります。それをこの二面がいつでも偶然平らに並行でもしているかのごとき了見《りょうけん》で、ぜんたいどっちが高いのですと聞かなければ承知ができないのは痛み入ります。人間と人間、事件と事件が衝突したり、捲《ま》き合ったり、ぐるぐる回転したりする時その優劣上下が明《あきら》かに分るような性質程度で、その成行《なりゆき》が比較さえできれば宜《い》いわけだが、惜しいかなこの比較をするだけの材料、比較をするだけの頭、纏めるだけの根気がないために、すなわち門外漢であるがために、どうしても角度を知ることができないために、上下とか優劣とか持ち合せの定規で間《ま》に合《あわ》せたくなるのは今申すとおり門外漢の通弊でありますが、私の見るところではあに独《ひと》り門外漢のみならんやで、専門の学者もまたそう威張《いば》れた義理でもないような概括をして平気でいるのだから驚かれるのです。

学者というものは、いろ〳〵の事実を集めて法則を作ったり概括を致《いた》します。あるいは何主義とか号してその主義を一纏《ひとまと》めに致します。これは科学にあっても哲学にあっても必要のことであり、また便宜なことで誰しもそれに異存のあるはずはございません。たとえば進化論とか、勢力保存とかいうとその言葉自身が必要であるばかりでなく、実際の事実のうえにおいて役に立っています。けれども悪くすると前《ぜん》申した子供や門外漢と同じように、内容にあまり合わない形式を拵えてたゞ表面上の纏りで満足していることが往々あるように思います。このあいだ私はある学者の書いた本を読みました。それはオイケン⑩といって、近ごろドイツで、有名な学者の著わしたものであります。もっともたくさんの著述のうちでごく短かい一冊を読んだだけでありますが、とにかくその人の説の中にこういうことが書いてありました。⑪現代の人はしきりに自由とか開放というようなことを主張する。同時に秩序とか組織とかいうものを要求している。一方では束縛を解いて自由にしてもらわなければ堪《たま》らないといっていながら、一方では（たとえば資本家というようなものが）秩序とか組織を立てなければ事業が発展しないと騒いでいる。が、この二つの要求を較《くら》べると明かに矛盾である。――こゝまでは宜しいのです。しかしオイケンはこの矛盾はどっちかに片付《かたづ》けなければならず、また片付けらるべきものであるかのごとき語気で論じていたように記憶していますが――すなわちそういうように相反することを同時に唱えておっては矛盾だから、モッと一纏めにして、意味のある生活を人がやってゆかなければならぬというようなことをいうのです。ですが貴方《あなた》がたはまあどうお考えになりますか。オイケンのいうとおりで宜いとお思いですか、はたしてこの矛盾が一纏めになるものとお思いになりますか。また明かに矛盾しているというお考えでありますか。貴方がたにこんな質問を掛けたって詰らない、また掛ける必要もありません。が私はどう考えてもオイケンの説は無理だと思うのです。なぜ無理だといいますと、資本家とかあるいは政府とか、あるいは教育者とかいうものが、すべて多数の人間を相手にしてそうして、なにか事を手早く運び、手際よく片付けようというためには、どうしたって統一ということと、組織ということと、秩序ということをまっこうに振翳《ふりかざ》さなければできない話である。たとえば事業家が事業をする。そのために人夫を百人雇う。職工を千人雇う。そうして彼等の間に規律というものがなかったならば、――彼等のうちには今日《きょう》は頭が痛いから休むというものもできようし、朝の七時からは厭だから己《おれ》は午後から出ると我儘をいうものもできようし、あるいは今日は少し早く切り上げて寄席《よせ》へ行くとか、あるいは今日は朝出掛《でがけ》に酒を飲むんだとかおのおのかってなことを、ばらばらに行動されてはせっかく一か月でできる事業も一年掛るか二年掛るか見込が立たなくなります。けれどもどうでしょう、こういう軍人教育者実業家などが公務を仕舞《しま》って家へ帰ってさあこれからが己《おれ》の身体《からだ》だという場合に、やはり同じような窮屈極《きわ》まる生活に甘んずるでしょうか。人によっては寝食の時間などたいへん規則正しい人もあるかもしれないが、原則からいえば楽に自由な骨休めをしたいと願い、またできるだけその呑気主義《のんきしゅぎ》を実行するのが一般の習慣であります。すると彼等には明かに背馳《はいち》(12)した両面の生活があることになる。業務に就《つ》いた自分と業務を離れた自分とはどう見たって矛盾である。しかしこの矛盾は生活の性質から出る已《やむ》を得ざる矛盾だから、形式からいえばいかにも矛盾のようであるけれども、実際の内面生活からいえばかく二様になるほうがかえって本来の調和であって、むりにそれを片付《かたづ》けようとするならばそれこそ真の矛盾に陥るわけじゃなかろうかと思います、なぜというと、一つは人を支配するための生活で、一つは自分の嗜欲《しよく》を満足させるための生活なのだから、意味がまったく違う。意味が違えば様子も違うのがもっともだといったような話であります。反対の例を挙《あ》げて今度は同じことを逆に説明してみましょう。世間には芸術家という一種の職業がある。これはすこぶる気まぐれ商売で、共同的には決して仕事ができない性質のものであります。いくら八ケ間《やかま》敷《しく》小言をいわれても個人的にこつ〳〵遣ってゆくのが原則になっています。しかもその個人が気の向いた時でなければ決して働けない、また働かないというはなはだ我儘な自己本位の家業になっている。だから朝七時から十二時まで働かなければならないという秩序や組織や順序があったところで、それだけ手際の良《よ》い仕事はできるものでない。すなわち自分の気の向いた時にやったものがいちばん気の乗った製作となって現われる。したがって芸術家に対しては今申した資本家教育者などの執務ぶりや授業ぶりは当嵌《あてはま》らない。がその個人的にでき上った芸術家でも、彼等同業者の利益を団体として保護するためには、会なり倶楽部《クラブ》なり、組合なりを組織して、規則その他の束縛を受ける必要ができてくる。彼等のある者は今現にこれを実行しつゝある。してみれば放縦不羈《ほうじゆうふき》(13)を生命とする芸術家ですらも時と場合には組織立った会を起し、秩序ある行動を取り、統一のある機関を備えるのである。私はこれを生活の両面に伴う調和と名づけて、決して矛盾の名を下したくない。矛盾には違《ちがい》なかろうがそれは単に形式上の矛盾であって内面の消息からいえばかえって生活の融合なのである。

こゝに学者なるものがあって、突然声を大にして、それは明かに矛盾である、どっちか一方が善くって一方が悪いに極っている、あるいは一方が一方より小さくて一方が大きいに違いないから、一纏めにしてモッと大きなもので括らなければならないといったならば、この学者は統一好きな学者の精神はあるにもかゝわらず、実際には疎《うと》い人といわなければならない。現にオイケンという人の著述を数多くは読んでおりませんが、私の読んだかぎりでいえば、こんな非難を加えることができるようにも思います。こう論じてくるとなんだか学者は無用の長物のようにもみえるでしょうが私は決してそんな過激の説を抱《いだ》いているものではありません。学者はむろん有益のものであります。学者のやる統一、概括というもののお蔭《かげ》で我々は日常どのくらい便宜を得ているか分りません。まえに挙げた進化論という三字の言葉だけでもたいへん重宝《ちょうほう》なものであります。しかしながら彼等学者にはすべてを統一したいという念が強いために、でき得《う》るかぎりなんでもかでも統一しようとあせる結果、また学者の常態として冷然たる傍観者の地位に立つ場合が多いため、たゞ形式だけの統一で中味の統一にもなんにもならない纏め方をして得意になることも少なくないのは争うべからざる事実であると私は断言したいのです。

冷然たる傍観者の態度がなぜにこの弊を醸《かも》すかとの御質問があるなら私はこう説明したい。ちょっと考えると、彼等は常人よりはっきりした頭を有って、普通の者より根気強く、しっかり考えるのだから彼等の纏めたものに間違《まちがい》はないはずだと、こういうことになりますが、彼等は彼等の取扱《とりあつか》う材料から一歩退いて佇立《たゝず》む癖がある。いい換えれば研究の対象をどこまでも自分から離して目の前に置こうとする。徹頭徹尾観察者である。観察者である以上は相手と同化することはほとんど望めない。相手を研究し相手を知るというのは離れて知るの意でそのものになりすましてこれを体得するのとはまったく趣が違う。いくら科学者が綿密に自然を研究したって、必竟《ひっきょう》ずるに(14)自然は元《もと》の自然で自分も元の自分で、決して自分が自然に変化する時期が来ないごとく、哲学者の研究もまた永久局外者としての研究で当の相手たる人間の性情に共通の脈を打たしていない場合が多い。学校の倫理の先生がいくら偉いことを言ったって、つまり生徒は生徒、自分は自分と離れているから生徒の動作だけを形式的に研究することはできても、事実生徒になって考えることは覚束《おぼつか》ないのと一般である。傍観者というものは岡目《おかめ》八目《はちもく》とも(15)いい、当局者は迷うという諺《ことわざ》さえあるくらいだから、冷静に構える便宜があって観察する事物がよく分る地位には違ありませんが、その分り方は要するに自分のことが自分に分るのとは大いに趣を異にしている。こういう分り方で纏め上げたものは器械的に流れ易いのは当然でありましょう。換言すれば形式のうえではよく纏まるけれども、中味からいうといっこう纏っていないというような場合が出てくるのであります。がつまり外からして観察をして相手を離れてその形を極《き》めるだけで内部へ入《はい》り込んでその裏面の活動からしておのずから出る形式を捉《とら》え得ないということになるのです。

これに反してみずから活動しているものはその活動の形式が明かに自分の頭に纏って出てこないかもしれない代りに、観察者の態度を維持しがちの学者のように表面上の矛盾などをむりに纏めようとする弊害には陥る憂《うれい》がない。先ほどオイケンの批評をやって形式上の矛盾を中味の矛盾と取り違えてぜひ纏めようとするは迂闊《うかつ》だといって非難しましたが、あの例にしてからが、もしオイケン自身がこの矛盾のごとくみえる生活の両面を親しく体現して、一方では秩序を重んじ一方では開放の必要を同時に感じていたならば、たとい形式上こういう結論に到着したところで、どうも変だどこかに手落《ておち》があるはずだとまずみずから疑いを起して内省もし得たろうと思うのです。いくら哲学的でも、概括的でも、自分の生活に親しみのない以上は、この概括をあえてすると同時にハテ可笑《おか》しいぞ変だなと勘づかなければなりません。勘づいて内省の結果だんだん分解の歩を進めてみると、なるほど形式のほうにはそれだけの手落があり、抜目《ぬけめ》があるということが判然してくるべきです。だからして中味を持っているものすなわち実生活の経験を甞《な》めているものはその実生活がいかなる形式になるかよく考える暇さえないかもしれないけれども、内容だけはたしかに体得しているし、また外形を纏める人は、まことに綺麗《きれい》に手際よく纏めるかもしれぬけれども、どこかに手落がありがちである。ちょうど文法というものを中学の生徒などが習いますが、文法を習ったからといってそれがため会話が上手《じょうず》にはなれず、文法は不得意でも話は達者《たっしゃ》にもやれる通弁などというものもあって、そのほうが実際役に立つと同じことです。同じような例ですが歌を作る規則を知っているから、和歌が上手だといったら可笑しいでしょう、上手の作った歌がそのうちにしぜんと歌の規則を含んでいるのでしょう。文法家に名文家なく、歌の規則などを研究する人に歌人が乏しいとはよく人のいうところですが、もしそうするとせっかく拵《こしら》えた文法に妙に融通の利《き》かない杓子定規《しゃくしじょうぎ》のところができたり、また苦心して纏めた歌の法則も時には好い歌を殺す道具になるように、実地の生活の波濤《はとう》をもぐってこない学者の概括は中味の性質に頓着なくたゞ形式的に纏めたような弱点が出てくるのも已を得ないわけであります。なおこの理を適切に申しますと、いくら形というものがはっきり頭に分っておっても、どれほどこうならなければならぬという確信があっても、単に形式のうえでのみ纏っているだけで、事実それを実現してみないときには、いつでも不安心のものであります。それは貴方がたの御経験でも分りましょう。四五年前日露戦争というものがありました、ロシアと日本とどっちが勝つかというずいぶんな大戦争でありました。日本の国是はつまり開戦説で、とうとうあのロシアと戦《たゝかい》をして勝ちましたが、あの戦を開いたのは決して無謀にやったのではありますまい。必ず相当の論拠があり、研究もあって、ロシアの兵隊が何万満州へ繰出《くりだ》すうちには、日本ではこれだけ繰出せるとか、あるいは大砲は何門あるとか、兵糧はどのくらいあるとか、軍資はどのくらいであるとかたいていの見込は立てたものでありましょう。見込が立たなければ戦争などはできるはずのものではありません。がその戦争をやるまえ、やる間際、およびやりつゝあるあいだ、どのくらい心配をしたか分らない。というのはいかに見込のちゃんと明かに立ったものにせよたゞ形式のうえで纏っただけでは不安で堪らないのであります。

当初の計画どおりを実行してそうして旨く見込に違わない成績を振り返ってみて、なるほどとはじめて合点して納得のいったような顔をするのは、いくら綺麗に形だけが纏っていても実際の経験がそれを証拠立ててくれない以上は大いに心細いのであります。つまり外形というものはそれほどの強味《つよみ》がないということに帰着するのです。近ごろ流行《はや》る飛行機でもそのとおりで、いろいろ学理的に考えた結果、こういうふうに羽翼を付けて、こういうように飛ばせば飛ばぬはずはないと見込がついたうえでさて雛形《ひながた》を拵えて飛ばしてみればはたして飛ぶ。飛ぶことは飛ぶので一応安心はするようなもののそれに自分が乗っていざという時飛べるかどうかとなると飛んでみないうちはやっぱり不安心だろうと思います。学理どおり飛行機が自分を乗せて動いてくれたところで、はじめて形式に中味がピッタリ喰《くっ》付いていることを証明するのだから、経験の裏書を得ない形式はいくら頭の中で完備していると認められても不完全な感じを与えるのであります。

してみると、要するに形式は内容のための形式であって、形式のために内容ができるのではないというわけになる。もう一歩進めていいますと、内容が変れば外形というものは自然の勢いで変ってこなければならぬという理屈にもなる。傍観者の態度に甘んずる学者の局外の観察から成る規則法則ないしすべての形式や型のために我々生活の内容が構造されるとなると少しく筋が逆になるので、我々の実際生活がむしろ彼等学者（時によれば法律家といっても政治家といっても教育家といっても構いません。とにかく学者的態度で観察一方から形式を整える方面の人を指《さ》すのです）に向って研究の材料を与えその結果として一種の形式を彼等が抽象することができるのです。その形式が未来の実施上参考にならんとは限らんけれども本来からいえばどうしてもこれが原則でなければならない。しかるに今この順序主客を逆《さかさ》まにしてあらかじめ一種の形式を事実よりまえに備えておいて、その形式から我々の生活を割出《わりだ》そうとするならば、ある場合にはそこにたいへんな無理が出なければならない。しかもその無理を遂行しようとすれば、学校なら騒動が起る、一国では革命が起る。政治にせよ教育にせよあるいは会社にせよ、わが朝日社のごとき新聞にあってすらそうである。だから世間でもそう規則ずくめにされちゃ堪らないとよくいいます。規則や形式が悪いのじゃない。その規則を当嵌《あては》められる人間の内面生活はしぜんに一つの規則を布衍《ふえん》していることは前《ぜん》申し上げた説明ですでに明かな事実なのだから、その内面生活と根本義において牴触《ていしょく》しない規則を抽象して標榜《ひょうぼう》しなくては長持《ながもち》がしない。いたずらに外部から観察して綺麗に纏め上げた規則をさし突《つ》けてこれは学者の拵えたものだから間違はないと思ってはかえって間違になるのです。

お前《まえ》のいうとおりにすると、たいへん可笑しいことがある[16]。たとえてみれば芝居の型だ。また音楽の型ともいうべき譜である。または謡曲のごま節やなにかのようなものである。これ等にはすべて一定の型があって、その形式をまず手本にしてかえって形式の内容をかたちづくる声とか身振《みぶり》とかいうほうをこの型にあて嵌《はま》るように拵らえてゆくではないか。そうしてその声なり身振なりがしぜんと安らかに毫も不満を感ぜずに示された型どおり旨く合うように練習の結果としてできるではないか。あるいは旧派の芝居を見ても、能の仕草《しぐさ》を見ても、こゝで足をこのくらい前へ出すとか、また手をこのくらい上へ挙げると一々型のとおりにして、しかも自分の活力をそこに打込《うちこ》んで少しも困らないではないか。型を手本に与えておいてそのなかに精神を打ち込んで働けない法はない。とこういう人があるかもしれない。けれどもこういう場合にはこの型なり形式なりの盛らるべき実質、すなわち音楽でいえば声、芝居でいえば手足などだが、これ等の実質はいつも一様に働き得《う》る、いわば変化のないものと見ての話であります。もし形式のなかに盛らるべき内容の性質に変化を来《きた》すならば、昔の型が今日の型として行わるべきはずのものではない、昔の譜が今日に通用してゆくはずはないのであります。たとえてみれば人間の声が鳥の声に変化したらどうしたって今日までの音楽の譜は通用しない。四肢《しし》胸腰の運動だっても人間の体質や構造に今までとは違ったところができて筋肉の働き方が一筋間違ってきたって、従来の能の型などは崩《くず》れなければならないでしょう。人間の思想やその思想に伴って推移する感情も石や土と同じように、古今永久変らないものと看做《みな》したなら一定不変の型の中に押込《おしこ》めて教育することもできるし支配することも容易でしょう。現に封建時代の平民というものが、どのくらい長いあいだ一種の型のなかに窮屈に身を縮めて、辛抱しつゝ、これは自分の天性に合った型だと認めておったかしれません。フランスの革命の時に、バステユ(17)という牢屋《ろうや》を打壊《うちこわ》して中から罪人を引出《ひきだ》してやったら、喜《よろ》こぶと思いのほか、かえって日の目を見るのを恐れて、依然として暗い中にはいっていたがったという話があります。ちょっと可笑しな話であるが、日本でも乞食を三日すれば忘れられないといいますからあるいはほんとうかもしれません。乞食の型とか牢屋の型とかいうのも妙な言葉ですが、長い年月のあいだには人間本来の傾向もそういうふうに矯《た》めることができないともかぎりません。こんな例ばかり見れば既成の型でどこまでも押してゆけるという結論にもなりましょうが、それならなぜ徳川氏が亡《ほろ》びて、維新の革命がどうして起ったか。つまり一つの型を永久に持続することを中味のほうで拒むからなんでしょう。なるほど一時は在来の型で抑《おさ》えられるかもしれないが、どうしたって内容に伴《つ》れ添わない形式はいつか爆発しなければならぬと見るのが穏当で合理的な見解であると思う。

元来この型そのものが、なんのために存在の権利を持っているかというと、まえにもお話したとおり内容実質を内面の生活上経験することができないにもかゝわらずどうでも纏めて一括《ひとく》りにしておきたいという念にほかならんので、会社の決算とか学校の点数と同じように表のうえで早呑込《はやのみこみ》をする一種の知識欲、もしくは実際上の便宜のためにほかならんのでありますから、厳密な意味でいうと、型自身が独立して自然に存在するわけのものではない。たとえばこゝに茶碗《ちゃわん》がある。茶碗の恰好《かっこう》といえば誰にでも分るが、その恰好だけを残して実質を取り去ろうとすれば、とうてい取り去ることはできない。実質を取れば形もなくなってしまう。しいて形を存しようとすればたゞ想像的な抽象物として頭の中に残っているだけである。ちょうど家を造るために図面を引くと一般で、八畳・十畳・床の間というように仕切《くぎり》はついていても図面はどこまでも図面で、家としては存在できないに極っている。要するに図面は家の形式なのである。したがっていくら形式を拵えてもそれを構成する物質次第では思いのまゝの家はできかぬるかもしれないのです。いわんや活《い》きた人間、変化のある人間というものは、そう一定不変の型で支配されるはずがない。政《まつりごと》を為す人とか、教育をする人とかはむろん、すべて多くの人を統御してゆこうという人もむろん、個人が個人と交渉する場合にあってすら型は必要なものである。会う時にお時儀《じぎ》をするとか手を握るとかいう型がなければ、社交は成立しないことさえある。けれども相手が物質でない以上は、すなわち動くものである以上は、種々の変化を受ける以上は、時と場合に応じて無理のない型を拵えてやらなければとうていこっちの要求どおりに運ぶわけのものではない。

　そこで現今日本の社会状態というものはどうかと考えてみると目下非常な勢いで変化しつゝある。それにつれて我々の内面生活というものもまた、刻々と非常な勢いで変りつゝある。瞬時の休息なく運転しつゝ進んでいる。だから今日の社会状態と、二十年前、三十年前の社会状態とは、たいへん趣《おもむ》きが違っている。違っているからして、我々の内面生活も違っている。すでに内面生活が違っているとすれば、それを統一する形式というものも、しぜんズレてこなければならない。もしその形式をズラさないで、元《もと》のまゝに据《す》えておいて、そうしてどこまでもそのなかに我々のこの変化しつゝある生活の内容を押込《おしこ》めようとするならば失敗するのは目に見えている。我々が自分の娘もしくは妻に対する関係のうえにおいて御維新前と今日とはどのくらい違うかということを、貴方がたがお認めになったならば、この辺の消息はすぐお分りになるでしょう。要するにかくのごとき社会を総《す》べる形式というものはどうしても変えなければ社会が動いてゆかない。乱れる、纏まらないということに帰着するだろうと思う。自分の妻女に対してさえも前申《ぜん》したとおりである。いなわが家《や》の下女に対しても昔とは趣きが違うならば、教育者が一般の学生に向い、政府が一般の人民に対するのもむろん手心がなければならないはずである。内容の変化に注意もなく頓着もなく、一定不変の型を立てて、そうしてその型はたゞ在来あるからという意味で、またその型を自分が好いているというだけで、そうして傍観者たる学者のような態度をもって、相手の生活の内容に自分が触れることなしに推《お》していったならば危《あぶ》ない。

一言にしていえば、明治に適切な型というものは、明治の社会的状況、もう少し進んでいうならば、明治の社会的状況を形造る貴方がたの心理状態、それにピタリと合うような、無理の最も少ない型でなければならないのです。このごろは個人主義がどうであるとか、自然派の小説がどうであるとかいって、はなはだやかましいけれども、こういう現象が出てくるのは、皆我我の生活の内容が昔としぜんに違ってきたという証拠であって、在来の型とある意味でどこかしらで衝突するために、昔の型を守ろうという人は、それを押潰《おしつぶ》そうとするし、生活の内容によって自分自身の型を造ろうという人は、それに反抗するというような場合がたいへんありはしないかと思うのです。ちょうど音楽の譜で、声を譜の中に押込《おしこ》めて、声自身がいかに自由に発現しても、その型に背《そむ》かないで行雲流水と同じくきわめて自然に流れると一般に、我々も一種の型を社会に与えて、その型を社会の人に則《のっと》らしめて、無理がなくゆくものか、あるいはこゝで大いに考えなければならぬものかということは、貴方がたの問題でもあり、また一般の人の問題でもあるし、最も多く人を教育する人、最も多く人を支配する人の問題でもある。我々は現に社会の一人である以上、親ともなり子ともなり、朋友《ほうゆう》ともなり、同時に市民であって、政府からも支配され、教育も受けまたある意味では教育もしなければならない身体である。その辺のことをよく考えて、そうして相手の心理状態と自分とピッタリと合せるようにして、傍観者でなく、若い人などの心持にも立入《たちい》って、その人に適当であり、また自分にももっともだというような形式を与えて教育をし、また支配してゆかなければならぬ時節ではないかと思われるし、また受身のほうからいえばかくのごとき新らしい形式で取扱われなければ一種いうべからざる苦痛を感ずるだろうと考えるのです。中味と形式ということについて、なぜお話をしたかというと、以上のような訳でこの問題について我々が考うべき必要があるように思ったからであります。それを具体的にどう現わして宜いかということは、諸君の御判断であります。下《くだ》らぬことをだいぶ長く述べ立ててお気の毒です。だいぶお疲れでしょう。最後まで静粛にお聴きくだすったのは講演者として深く謝するところであります。（明治四十四年八月堺において述）

（明治四四・一一・一〇『朝日講演集』）

（1）海豹島《かいひょうとう》　南樺太のオホーツク海側に突出している北知床《しれとこ》半島の先にある小島。オットセイ猟業で知られる。

（2）高原君　高原蟹堂（操）。漱石は、大正元年（1912）十二月政教社から出版されたその著書『極北日本』（樺太踏査日録）に序文を寄せている。

（3）妙国寺　堺市材木町の日蓮宗本山の一つ。境内にある蘇鉄が有名で、「蘇鉄寺」とも呼ばれる。

(4) 雲右衛門　桃中軒雲右衛門。明治六年—大正五年（1873—1916）。当時浪曲の名手として知られた。

(5) 常陸山《ひたちやま》　常陸山谷右衛門《ひたちやまたにえもん》。明治七年—大正十一年（1874—1922）。明治三十六年に第十九代横綱となる。明治以降名横綱として梅ケ谷と並び称された。

(6) 迂愚《うぐ》　うかつで、愚かなこと。

(7) 没分暁漢《ぼつぶんぎょうかん》　「没分暁」は、物事のわきまえのできないこと。したがって、わからずや、の意味。

(8) 品隲《ひんしつ》　品さだめ。

(9) 高等官　旧制の官吏の高等階級の一つ。判任官は、下級。

(10) オイケン　Rudolf Eucken（1846—1926）。ドイツの哲学者。バーゼル大学・イェナ大学教授。一九〇八年ノーベル文学賞を受け、のち、アメリカに招かれてハーヴァド大学で講じた。

(11) 現代の人は……　前注オイケンの著書『生の意義と価値』（“Der Sinn und Wert des Lebens”, 1908）の中の一節にある。

(12) 背馳《はいち》　ゆきちがうこと。反対になること。

(13) 放縦不羈《ほうじゆうふき》　「放縦」は、きままなこと。「不羈」は、束縛されないこと。

(14) 必竟《ひっきょう》ずるに　つまるところは。

(15) 岡目《おかめ》八目《はちもく》 他人の囲碁を傍から見ていると、対局者より冷静であるから、八目さきまでわかるということ。転じて、傍観者ほど物事の是非・得失が明らかにわかることをいう。

(16) ごま節 「節博士」「胡麻点」などともいう。謡の本で、節を示す黒胡麻のような符号。

(17) バステユ Bastille ふつう、バスティーユと呼ばれる牢獄。古くは城塞であったが、一三九七年以後国事犯の牢獄に利用され、一七八九年、フランス革命の際に破壊された。

三　権力と個人は対峙する──「中味と形式」（一九一一・八・一七）

（小森陽一）

門外漢も専門家も単純化に陥る

映画を観ている子どもが、「どっちが善人でどっちが悪人か」と質問するのは、「込み入った画《え》の配合や人間の立ち回り」を「簡明な形式」にして「頭へ入れたい」からだ、と漱石はこの講演をはじめている。

こうした「幼稚で気の毒」な「子供」と、同じようなことを「大人たる我々があえてしている」という指摘から、漱石は本題へと入っていく。

「どっちが偉い」あるいは「どっちが強い」という「上下の区別」、すなわち単純化された二項対立的な関係において複雑な現実をわかったつもりになろうとする傾向が「門外漢」には強くある。しかし実は「専門の学者」でさえも、「法則」や「主義」を「一纏《ひとまと》め」にして単純化しようとしているのだと漱石は批判する。

しかも「学者」は、「すべてを統一したいという念が強いため」「たゞ形式だけの統一で中味の統一にもなんにもならない纏め方をして得意になることも少なくない」と「冷然たる傍観者の地位に立つ」者と漱石は批判する。それは「傍観者の態度」が、「取扱《とりあつか》う材料から一歩退いて佇立《たゝず》む癖」があるからであり、「研究の対象」を「自分から離して目の前に置こうとする」「観察者」でしかないからだ。

漱石は「当局者」を肯定しているわけではない

「観察者」の立場を貫くとは、対象を「同化」しないということであり、対象と一体化して「体得」することもないということになる。それは「科学者」が「自然」を「研究」しても、決して「自分が自然に変化」することがないように、「哲学者」の「研究」も「局外者」のものでしかなく、「人間の性情に共通の脈を打たしていない場合が多い」のだ。その「研究」の結果は、「形式のうえではよく纏まる」が、「中味からいうといっこう纏っていない」ことになる。

こうした「傍観者」、「観察者」、「局外者」に対して、「当局者」は全く異なった位置取りをしている。

「みずから活動している」「当局者」は、「中味を持っているもの」であり、「実生活の経験を嘗《な》め」ているために「内容だけはたしかに体得している」のである。ここで重要なのは、「当局者」の在り方について、漱石は決して肯定的な議論を展開することをしていないという事実である。「中味」と「形式」は非対称な関係にあるからだ。

なぜなら「みずから活動しているもの」は、自らの「活動の形式」を「自分の頭に纏って出てこ」させることが出来ないからだ。さらに「実生活がいかなる形式になるかよく考える暇さえないかもしれない」からでもある。つまり「実生活」の「中味」を良くとらえていればいるほど、それを「形式」にしてほしくないわけだから、「当局者」はある種の表象不可能領域に生息することになってしまうのだ。

これと同じ論理において「文法家に名文家なく、歌の規則などを研究する人に歌人が乏しい」ということになる。同じような論理の枠組みにおいて「綺麗に形だけが纏っていても実際の経験がそれを証拠立ててくれない以上は大いに心細い」のである。

このように考えてみるならば、「形式は内容のための形式であって、形式のために内容ができるのではない」のである。「内容が変れば外形」も「自然の勢いで変ってこなければならぬ」のだ。この「内容」すなわち「中味」と「形式」の立場の関係を転倒してしまうと大変なことになると漱石は警告する。

しかるに今この順序主客を逆《さかさ》まにしてあらかじめ一種の形式を事実よりまえに備えておいて、その形式から我々の生活を割出《わりだ》そうとするならば、ある場合にはそこにたいへんな無理が出なければならない。しかもその無理を遂行しようとすれば、学校なら騒動が起る、一国では革命が起る。政治にせよ教育にせよあるいは会社にせよ、わが朝日社のごとき新聞にあってすらそうである。

この講演が行われた年の一月に「大逆事件《たいぎやく》」の処刑が執行されたことを想起しておかねばならない。そして「南北朝正閏《せいじゅん》問題」という天皇制の正統性そのものが問われる教科書問題が起きていた。こうした中で国家による言論統制が強化されていった。言論統制をはじめとする権力に反発する「学校騒動」について、漱石は『それから』の中で問題化し、この小説には警察による幸徳秋水《こうとくしゅうすい》の「探偵」問題も書き込まれていた。

そしてこの年メキシコでの革命が遂行されると同時に、隣の中国においても結果として辛《しん》亥《がい》革命につながる動きが始まっていた。そして桂太郎《かつらたろう》政権との関連を問題にされ、池辺三山《いけべさんざん》が朝日新聞を辞めるかどうかという状況にもなっていた。三山こそは、漱石の朝日入社を進めた中心人物であった。国家という「形式」と「中味」としての人間の対峙《たいじ》が指摘されている。

命がけの「形式」との対峙

「中味」と「形式」の問題は、とらえ方によっては権力的な関係における非対称性をめぐる、激しく厳しい葛藤《かっとう》を引き起こすことを、漱石は自らが所属している朝日新聞社の現実の事態まで引き合いにだして語っているのである。

実際の政治状況の中で、国家や会社という「形式」としての権力機構と、その権力機構と葛藤や対立を引き起こす「中味」としての個人との命がけの対峙が、「当局者」という特異な概念に刻み込まれている。

第四章　文芸と道徳

私はこの大阪で講演をやるのは初めてであります。またこういう大勢《おおぜい》の前に立つのも初めてであります。実は演説をやるつもりではない、むしろ講義をする気で来たのですが、講義というものはこんな多人数を相手にする性質のものでありません。これだけの聴衆全体に通るような声を出そうとすれば――第一出る訳がないけれども、万一出るにしても十五分くらいで壇を降りなければ遣《や》り切《き》れないだろうと思います。したがって、はじめてのことでもあるしこれほどお集りになった諸君の御厚意に対してもなるべく御満足のゆくように、十分面《おも》白《しろ》い講演をして帰りたいのはやま〳〵であるけれども、しかしあまりおおぜいお出《いで》になったから――といって、決して詰《つま》らぬ演説をわざ〳〵しようなどという悪意は毛頭ないのですけれども、まあなるべく短《みじ》かく切上《きりあ》げることにして、そうして――まだ後《あと》にも面白いのがだいぶありますから、そのほうで埋《う》め合《あわ》せをして、まず数でコナすようなことにしようと思う。実際この暑いのにこうお集まりになって竹の皮へ包んだ寿司《すし》のように押し合っていては堪《たま》りますまい。また講演者のほうでも周囲前後左右から出る人の息だけでも――ちょっとこゝへ立ってごらんになればすぐ分《わか》りますが――実際容易なものではありません。実はこういうように原稿紙へノートが取ってありますから、時々これを見ながら進行すれば順序もよく整い遺漏も少なく、たいへん都合が好《よ》いのですけれども、そんな手温《てぬる》いことをしていてはとても諸君がおとなしく聴《き》いていてくださるまいと思うから、ところ〴〵――ではない大部分端折《はしょ》ってしまってやるつもりであります。しかしもしおとなしく聴いてくだされば十分にやるかもしれない。遣ろうと思えば遣れるのです。

問題はあすこに書いてあるとおり「文芸と道徳」というのですが、御承知のとおり私は小説を書いたり批評を書いたりだいたい文学のほうに従事しているために文芸のほうのことをお話する傾きが多うございます。大阪へ来て文芸を談ずるということの可否は知りません。儲《もう》ける話でもしたらいちばん宜《よ》かろうと思っているんですが、「文芸と道徳」では題をお聴きになっただけでも儲かりません。その内容をお聴きになってはなお儲かりません。けれども別に損をするというほどの縁喜《えんぎ》の悪い題でもなかろうと思うのです。もちろんお聴になる時間ぐらいは損になりますが、そのくらいな損は不運と諦《あきら》めて辛抱《しんぼう》して聴いていたゞきたい。

昔の道徳と今の道徳というものの区別、それからお話をしたいと思いますが――どうも落《おち》付《つ》いてやっていられないような気がして堪らない。そのまえにちょっとこの題の説明をしますが、「道徳と文芸」とある以上、つまり文芸と道徳との関係に帰着するのだから、道徳の関係しない方面、あるいは部分の文芸というものはこゝに論ずるかぎりでない。したがって文芸のうちでも道徳の意味を帯びた倫理的の臭味《くさみ》を脱却することのできない文芸上の述作についてのお話といっても宜《よ》し、文芸と交渉のある道徳のお話といっても宜いのです。それでまず道徳というものについて昔と今の区別からお話を始めてだんく〵進行することに致します。

昔の道徳、これはむろん日本でのお話ですから昔の道徳といえば維新前の道徳、すなわち徳川氏時代の道徳を指《さ》すものでありますが、その昔の道徳はどんなものであるかというと、貴方《あなた》がたも御承知のとおり、一口に申しますと、完全な一種の理想的の型を拵《こしら》えて、その型を標準としてその型は吾人《ごじん》が努力の結果実現のできるものとして出立したものであります。だから忠臣でも孝子でももしくは貞女でも、ことごとく完全な模範を前へ置いて、我々ごとき至らぬものも意思のいかん、努力のいかんによっては、この模範どおりのことができるんだといったような教え方、徳義の立て方であったのです。もっとも一概に完全といいましても、意味の取り方で、いろいろになりますけれども、こゝにいうのは仏語《ぶつご》などで使う純一無雑まず混《まじ》り気《け》のないところと見たら差支《さしつかえ》ないでしょう。たとえば鉱《あらがね》(1)のように種々な異分子を含んだ自然物でなくって純金といったように精錬した忠臣なり孝子なりを意味しております。かく完全な模型を標榜《ひようぼう》して、それに達し得《う》る念力をもって修養の功を積むべく余儀なくされたのが昔の徳育であります。もう少し細かく申すはずですが、略してまずそのくらいにして次に移ります。

さてこういうふうの倫理観や徳育がどんな影響を個人に与えどんな結果を社会に生ずるかを考えてみますと、まず個人にあってはすでに模範ができ上《あが》りまたその模範が完全という資格を具《そな》えたものとしてあるのだから、どうしてもこの模範どおりにならなければならん、完全の域に進まなければならんという内部の刺激やら外部の鞭撻《べんたつ》があるから、模倣という意味は離れますまいが、その代り生活全体としては、向上の精神に富んだ気概の強い邁往《まいおう》の勇を鼓舞されるような一種感激性の活計を営むようになります。また社会一般からいうと、すでにこういうふうな模範的な間然するところなき忠臣孝子貞女を押し立てて、それらの存在を認めるくらいだから、個人に対する一般の倫理上の要求はずいぶん苛《か》酷《こく》なものである。また個人の過失に対しては非常に厳格な態度をもっている。少しの過《あやま》ちがあっても許さない、すぐ命に関係してくる。そうでしょう、昔の人はなんぞというと腹を切って申訳《もうしわけ》をしたのは諸君も御承知である。今では容易に腹を切りません。これは腹を切らないで済《す》むからして切らないので、昔だって切りたい腹では決してなかったんでしょう。けれども切らせられる。いわゆる詰腹《つめばら》(2)で、社会の制裁が非常に悪辣《あくらつ》苛酷なため生きて人に顔が合わされないからむやみに安く命を棄《す》てるのでしょう。

今の人から見れば、完全かもしれないが実際あるかないか分らない理想的人物を描いて、それらの偶像に向《む》かって瞬間の絶間《たえま》なく努力し感激し、発憤し、また随喜し渇仰《かつごう》して、そうして社会からは徳義上の弱点に対して微塵の容赦もなく厳重に取扱《とりあつか》われて、よく人が辛抱しておったものだという疑《うたがい》も起るが、これにはいろいろの原因もありましょう。第一には今のように科学的の観察が行届《ゆきとゞ》かなかった。つまり人間はどう教育したって不完全なものであるということに気が付かなかった。不完全なのは、我々の心掛《こゝろがけ》が至らぬから横着《おうちゃく》に起因するのだからして、もう少し修養して黒砂糖を白砂糖に精製するような具合に向上しなければならんという考《かんがえ》で一生懸命《いっしょうけんめい》に努力したのである。すなわち昔の人には批判的精神が乏しかった。昔から言い伝えている孝子とか貞女とか称するものが、そっくりそのままの姿で再現できるという信念が強くて、批判的にこれ等の模範を視《み》る精神に乏しかったというのがおもなる原因でありましょう。一口にいえば科学というものがあまり開けなかったからといって宜うございます。のみならずその当時は交通が非常に不便でありまして、東京から大阪へちょっと手紙一本で呼出《よびだ》されてきて講演をするというようなことすら、できないとはかぎりませんが、なかなか億劫《おっくう》でこう手軽《てがる》にはゆきません。来るにしても駕籠《かご》に揺られて五十三次を順々に越すのだから、容易《たやす》くは間《ま》に合《あ》いかねます。間に合わないで済むとすれば、私がどんな人間であるかは、諸君に知れずに済んでしまうわけである。知られなければよほどえらい人だと思ってくれやしないかと思う。こうやって演壇に立って、フロックコートも着ず、妙な神戸辺の商館の手代が着るような背広《せびろ》などを着てひょこひょこしていては安っぽくて不可《いけ》ない。ウンあんな奴《やつ》かという気が起るに極《きま》っている。が駕籠の時代ならそうまで器量を下げずに済んだかもしれない。交通の不便な昔は、山の中に仙人《せんにん》がいると思っておったくらいだから、江戸には漱石といって仙人ではないが、まあ仙人に近い人間がいるそうだくらいの評判で持ち切ってくだされば私もはなはだ満足のいたりであったろうが、今日汽車電話の世の中ではすでに仙人そのものが消滅したから、仙人に近い人間の価値もしぜん下落して、商館の手代そのまゝの風采《ふうさい》を残念ながら諸君の御覧に入れなければならない始末になります。次に、昔は階級制度で社会が括《くゝ》られていたのだから、階級が違うと容易に接触すらできなくなる場合も多かった。今でも天子様などにはむやみには近づけません。私はまだ拝謁をしませんが、昔は一般から見て今の天皇陛下以上に近づきがたい階級のものがたくさんおったのです。一国の領主に言葉《ことば》を交《まじ》えるのすら平民にはたいへんな異例でしょう。土下座とかいって地面《じべた》へ坐《すわ》って、ピタリと頭を下げて、肝腎《かんじん》の駕籠が通る時にはどんな顔の人がいるのかまるで物色することができなかった。第一駕籠の中には化物がいるのか人間がいるのかさえ分らなかったくらいのものと聞いています。してみると階級が違えば種類が違うという意味になってその極はどんな人間が世の中にあろうと不思議を挟《はさ》む余地のないくらいに自他の生活に懸隔のある社会制度であった。したがって突拍子《とっぴょうし》もない偉《えら》い人間すなわち模範的な忠臣孝子その他が世の中には現にいるという観念がどこかにあったに違《ちがい》ない。

以上の諸原因からしてしぜん模範的の道徳を一般に強《し》いて怪しまなかったのでありましょう。また強いられて黙っていもし、あるいはみずから進んで己《おのれ》に強いもしたのでしょう。とところが維新以後四十四五年を経過した今日になって、この道徳の推移した経路を振返《ふりかえ》ってみると、ちゃんと一定の方向があって、たゞその方向にのみ遅疑なく流れてきたようにみえるのは、社会の現象を研究する学者にとってははなはだ興味のある事柄《ことがら》といわなければなりません。しからば維新後の道徳が維新前とどういうふうに違ってきたかというと、かのピタリと理想どおりに定った完全の道徳というものを人に強うる勢力が漸々微弱になるばかりでなく、昔渇仰《かつごう》した理想そのものがいつのまにか偶像視せられて、その代り事実というものを土台にしてそれから道徳を造り上げつゝ今日まで進んできたように思われる。人間は完全なものでない、初めはむろん、いつまで行っても不純であると、事実の観察に本《もと》づいた主義を標榜したといっては間違《まちがい》になるが、自然の成行《なりゆき》を逆に点検して四十四年の道徳界を貫いている潮流を一句につゞめてみるとこの主義にほかならんように思われるから、つまりは吾々が知らず〳〵のあいだにこの主義を実行して今日に至ったと同じ結果になったのであります。さて自然の事実をそのまゝに申せば、たといいかな忠臣でも孝子でも貞女でも、一方からいえばそれ〴〵相当の美徳を具《そな》えているのはむろんであるがこれと同時に一方ではずいぶん如何《いかゞ》わしい欠点を有《も》っている。すなわち忠であり孝であり貞であるとともに、不忠でもあり不孝でも不貞でもあるということであります。こう言葉に現わしていうとなんだか非常に悪くなりますが、いかに至徳の人でもどこかしらに悪いところがあるように、人も解釈し自分でも認めつゝあるのは疑《うたがい》もない真実だろうと思うのです。現に私がこうやって演壇に立つのは全然諸君のために立つのである、と救世軍(3)のようなことをいったって諸君は承知しないでしょう。誰のために立っているかと聞かれたら、社のために立っている、朝日新聞の広告のために立っている、あるいは夏目漱石を天下に紹介するために立っていると答えられるでしょう。それで宜《よろ》しい。決して純粋な生《き》一本《いっぽん》の動機からここに立って大きな声を出しているのではない。この暑さに襟《えり》のグタ〳〵になるほど汗を垂《た》らしてまで諸君のために有益な話をしなければ今晩眠られないというほど奇特な心掛《こゝろがけ》は実のところありません。といったところでこう見えても、まんざら好意も人情もない我儘《わがまま》一方の男でもない。打ち明けたところを申せば今度の講演を私が断ったって免職になるほどの大事件ではないので、東京に寐《ね》ていて、差支《さしつかえ》があるとか健康が許さないとかなんとかかとか言訳《いいわけ》の種を拵《こしら》えさえすれば、それで済むのです。けれども諸君のためを思い、また社のためを思い、というと急に偽善めきますが、まあ義理やら好意やらを加味した動機からさっそく出てきたとすればやはりいくぶんか善人の面影《おもかげ》もある。有体《ありてい》に白状すれば私は善人でもあり悪人でも――悪人というのは自分ながら少々非道《ひど》い(4)ようだが、まず善悪とも多少混《まじ》った人間なる一種の代物《しろもの》で、砂も付き泥《どろ》もつき汚《きた》ないなかに金というものがあるかないかぐらいに含まれているくらいのところだろうと思う。私がこういうことを平気で諸君の前で述べて、それで貴方《あなた》がたは笑って聴いているくらいなのだから、今の人は昔に比べるとよほど倫理上の意見についても寛大になっていることが分ります。これが制裁の厳重で模範的行動を他に強いなければ已《や》まない旧幕時代であったら、こんな露骨を無遠慮にいう私はきっと社長に叱《しか》られます。もし社長が大名だったなら叱られるばかりでなく切腹を仰付《おおせつ》かるかもしれないところですけれど、明治四十四年の今日は社長だって黙っている。そうして貴方がたは笑っている。これほど世の中は穏かになってきたのです。倫理観の程度が低くなってきたのです。だんだん住み易《やす》い世の中になってお互に仕合《しあわせ》でしょう。

かく社会が倫理的動物としての吾人《ごじん》に対して人間らしい卑近な徳義を要求してそれで我慢《がまん》するようになって、完全とか至極とかいう理想上の要求を漸次に撤回してしまった結果はどうなるかというと、まず従前から存在していた評価率（道徳上の）が自然の間に違ってこなければならないわけになります。世の中は恐ろしいもので、漸々と道徳が崩《くず》れてくるとそれを評価する目が違ってきます。昔はお辞儀《じぎ》の仕方が気に入らぬと刀の束《つか》へ手を懸《か》けたこともありましたろうが、今ではたとい親密な間柄《あいだがら》でも手数のかゝるような挨拶《あいさつ》は遣らないようであります。それで自他ともに不愉快を感ぜずに済むところが私のいわゆる評価率の変化という意味になります。お辞儀などはほんの一例ですが、すべて倫理的意義を含む個人の行為がいくぶんか従前よりは自由になったため、窮屈の度が取れたため、すなわち昔のように強いて行い、むりにも為《な》すという瘠我慢《やせがまん》も圧迫も微弱になったため、一言にしていえば徳義上の評価がいつとなく推移したため、自分の弱点と認めるようなことを恐れもなく人に話すのみか、その弱点を行為のうえに露出して我も怪しまず、人も咎《とが》めぬという世の中になったのであります。私は明治維新のちょうど前の年に生れた人間でありますから、今日この聴衆諸君のうちにお見えになる若いかたとは違って、どっちかというと中途半端《はんぱ》の教育を受けた海陸両棲《りょうせい》動物のような怪しげなものでありますが、私等のような年輩の過去に比べると、今の若い人はよほど自由が利いているようにみえます。また社会がそれだけの自由を許しているようにみえます。漢学塾《かんがくじゅく》へ二年でも三年でも通《かよ》った経験のある我々には豪《えら》くもないのに豪そうな顔をしてみたり、性を矯《た》めて瘠我慢をいい張ってみたりする癖がよくあったものです。――今でもだいぶその気味があるかもしれませんが。――ところが今の若い人は存外淡泊で、昔のような感激性の詩趣を倫理的に発揮することはできないかもしれないが、だいたい吹き抜けの空筒《からづつ》でなんでも隠さないところが宜い。これは自分を取り繕《つく》ろいたくないという結構な精神の働いている場合もありましょうし、また隠さない明《あ》けッ放《ぱな》しの内臓を見せても、世間でべつだん鼻を抓《つま》んで苦い顔をするものがないからでもありましょうが、私のところへ時々若い人などが初めて訪問に来て、後から手紙などにその時の感想を有《あり》の儘《まゝ》に書いて送ってくれる場合などでさえ思いもよらぬ告白をすることがあるから面白いです。といってたいして弱点を見てくれといわんばかりに書くわけでもないが、とにかくこっちから頼みはしないので、先方からかってに寄こすくらいの酔興的《すいきようてき》な閑文字すなわち一種の意味における芸術品なのだから、もし我々の若い時分の気持で書くとすれば、天下の英雄君と我とのみとまで豪がらないにせよ、習俗的に高雅な観念を会釈なく文字のうえに羅列して快よい一種の刺激を自己の倫理性が受けるように詩趣を発揮するのが通例であるが、今例に引こうとする手紙などにはそんな面影《おもかげ》はまるでない。まず門を入《はい》ったら胸騒《むなさわ》ぎがしたとか、格子《こうし》を開《あ》ける時にベルが鳴ってます〳〵驚いたとか、頼むと案内を乞《こ》うておきながら取次に出てきた下女が不在《る》だといってくれれば宜かったと沓脱《くつぬぎ》の前で感じたとか、それがお宅ですという一言で急に帰りたい心持に変化したとか、ところへこちらへ上れとまた取次に出てこられてます〳〵恐縮したとか、すべてそういう弱い神経作用がいさゝかの飾り気もなく出ている。徳義的批判を含んだ言葉でいえば臆病《おくびよう》とか度胸がないとかいうべき弱点を自由に白状している。高が夏目漱石のところへ来るのにこうビク〳〵する必要はあるまいとお思いかもしれませんが実際あるのです。しかし私はこれが今の青年だからあるのだと信じます。旧幕時代の文学のどこをどう尋ねてもこんな意味の訪問感想録は決して見当《みあた》るまいと信じます。この春でしたがあるところに音楽会がありました。その時に私の知った人が演奏台に立って歌をうたいました。私は招待《しようだい》を受けていちばん前の列の真中《まんなか》にいて聴いていました。ところがその歌は下手《へた》でした。私は音楽を聞く耳もなにも持たない素人《しろうと》ではあるがその人のうたい振《ぶり》はすこぶる不味《まず》いように感じました。あとでその人に会って感じたとおり不味いといいました。ところがその音楽家はあの演奏台に立った時、自分の足がブル〳〵顫《ふる》えるのに気が着いたかと私に聞きます。私は気が着かなかったけれども当人自身は足が顫えたと自白する。昔ならたとい足が顫えても顫えないといい張ったでしょう。なんとか負惜《まけおし》みでもいいたいくらいのところへもってきて、人の気が付きもしないのに自分の口から足がガク〳〵したと自白する。それだけ今の人が淡泊になったのじゃないでしょうか。またこれほど淡泊になれるだけ世間の批判が寛大になったのじゃないでしょうか。人間にそのくらいな弱点は有勝《ありがち》のことだとテンから認めているのじゃないでしょうか。私は昔と今と比べてどっちが善《よ》いとか悪いとかいうつもりではない、たゞこれだけの区別があると申したいのであります。また過去四十何年間の道徳の傾向は明かにこういう方向に流れつゝあるという事実をお認めにならんことを希望するのであります。

古今道徳の区別はこれで切上《きりあ》げておいて話は突然文芸のほうへ移ります。もっとも文芸のほうの話を詳しくいうつもりではないから、必要な説明だけに留《とど》めて、ごくざっとしたところを申しますが、近年文芸のほうで浪漫主義《ロマンしゅぎ》および自然主義すなわちロマンチシズムとナチュラリズムという二つの言葉が広く行われてまいりました。そうしてこの二つの言葉は文芸界専有の術語でその他の方面にはまったく融通の利かないものであるかのごとく取扱《とりあつか》われておりましす。ところが私はこれからこの二つの言葉の意味性質をきわめて簡略に述べて、そうしてそれを前申上《ぜんもうしあ》げた昔と今の道徳に結び付けて両方を総合してごらんに入れようと思うのです。つまり浪漫主義も自然主義も文芸家専有の言語ではないという意味が分れればその結果自然の勢いでこれ等がまた前説明した二種の道徳と関係してくるというのであります。

この浪漫主義自然主義の文学についてちょっと申上げるまえにあらかじめ諸君の御注意を煩わしておきたいことがありますが、前《ぜん》もお断り申したごとく今日のお話はすべて道徳と文芸との交渉関係でありますから、二種類の文学のうち(ことに浪漫主義の文学のうち)道徳の分子の交《まじ》ってこないものは頭から取除《とりの》けて考えていたゞきたい。それからよし道徳の分子が交っていても倫理的観念がなんらの挑撥《ちょうはつ》を受けない――いな受け得《う》べからざる底《てい》の文学もまた取り除けて考えていただきたい。それ等を除いたうえでこの二種類の文学を見渡してみると浪漫主義の文学にあってはそのなかに出てくる人物の行為心術が我々より偉大であるとか、公明であるとか、あるいは感激性に富んでいるとかの点において、読者が倫理的に向上遷善の刺激を受けるのがその特色になっています。この影響は昔流行《はや》った勧善懲悪(5)という言葉と関係はありますが、決して同じではない。ずっと高尚《こうしょう》の意味でいうのですから誤解のないようにに願います。また自然主義の文学では人間をそう伝説的の英雄の末孫かなにかであるように勿体《もったい》をつけて有難《ありがた》そうには書かない。したがって読者も作者も倫理上の感激には乏しい。ことによると人間の弱点だけを綴《つゞ》り合《あわ》せたように見える作物もできるのみならず往々その弱点がわざとらしく誇張される傾きさえあるが、つまりは普通の人間をたゞ有《あ》りの儘《まゝ》の姿に描くのであるから、道徳に関する方面の行為も疵瑕《しか》[6]交出するということは免《まぬ》かれない。たゞこういう浅間《あさま》しいところのあるのも人間本来の真相だと自分も首肯《うなず》き他《ひと》にも合点《がてん》させるのを特色としている。この二つの文学を詳しく説明すればそれだけでだいぶ時間が経《た》ちますから、まあ誰も知っているくらいの説明で御免を蒙《こうむ》って、この二つの文学がまえの二傾向の道徳をその作物中に反射しているということにさえ気がつけば、こゝにはじめて文芸と道徳とがいずれの点において関係があるかということも明かになってこようと思います。

　かえすぐ〵申すようですが題がすでに文芸と道徳でありますから、道徳の関係しない文芸のことは全然論外に置いて考えないと誤解を招き易《やす》いのであります。道徳に関係のない文芸のお話をすればいくらでもありますが、たとえば今私がこゝへ立ってむずかしい顔をして諸君を眼下に見てなにか話をしている最中になにかの拍子で、卑陋《ひろう》なお話ではあるが、大きな放屁《ほうひ》をするとする。そうすると諸君は笑うだろうか、怒《おこ》るだろうか。そこが問題なのである。というといかにも人を馬鹿《ばか》にしたような申し分であるが、私は諸君が笑うか怒るかでこの事件を二様に解釈できると思う。まず私の考《かんがえ》では相手が諸君のごとき日本人なら笑うだろうと思う。もっとも実際遣ってみなければ分らない話だから、どっちでも構わんようなものだけれども、どうも諸君なら笑いそうである。これに反して相手が西洋人だと怒りそうである。どうしてこういう結果の相違を来《きた》すかというと、それは同じ行為に対する見方が違うからだといわなければならない。すなわち西洋人が相手の場合には私の卑陋の振舞《ふるまい》をいちずに徳義的に解釈して不徳義——なにも不徳義というほどのこともないでしょうが、とにかく礼を失していると見て、その方面から怒るかもしれません。ところが日本人だと存外単純に見做《みな》して、徳義的の批判を下すまえにまず滑稽《こっけい》を感じて噴《ふ》き出すだろうと思うのです。私の鹿爪《しかつめ》らしい態度と堂々たる演題とに心を傾けて、ある程度まで厳粛の気分を未来に延長しようという予期のあるやさきへ、突然人前では憚《はゞか》るべき音を立てられたのでその矛盾の刺激に堪《た》えないからです。この笑う刹那《せつな》には倫理上の観念は毫も頭を擡《もた》げる余地を見出《みいだ》し得ないわけですから、たとい道徳的批判を下すべき分子が混入してくる事件についても、これを徳義的に解釈しないで、徳義とはまるで関係のない滑稽とのみ見ることもできるものだという例証になります。けれどももし倫理的の分子が倫理的に人を刺激するようにまたそれを無関係の他の方面にそらすことができぬように作物中に入込《いりこ》んできたならば、道徳と文芸というものは、決して切り離すことのできないものであります。両者は元来別物であっておの〳〵独立したものであるというような説もある意味からいえば真理ではあるが、近来の日本の文士のごとく根底のある自信も思慮もなしに道徳は文芸に不必要であるかのごとく主張するのははなはだ世人を迷わせる盲者の盲論といわなければならない。文芸の目的が徳義心を鼓吹するのを根本義にしていないことは論理上しかるべき見解ではあるが、徳義的の批判を許すべき事件が経となり緯となりて作物中に織り込まれるならば、またその事件が徳義的平面において吾人に善悪邪正の刺激を与えるならば、どうして両者をもって没交渉とすることができよう。

道徳と文芸の関係はだいたいにおいてかくのごときものであるが、なおまえに挙げた浪漫自然二主義についてこれ等がどういうふうに道徳と交渉しているかをもう少し明瞭に調べてみる必要があると思います。すなわちこの二種の文学についてどこが道徳的でどこが芸術的であるかを分解比較して一々点検するのであります。こうすれば文芸と道徳の関係がいっそう明瞭になるのみならず、また浪漫自然二文学の関係もまた一段とはっきりするだろうと思います。第一、浪漫派の内容からいうと、前申《ぜん》したとおり忠臣が出てきたり、孝子が出てきたり、貞女が出てきたり、その他いろいろの人物が出てきて、すべて読者の徳性を刺激してその刺激によって事を為《な》す、すなわち読者を動かそうという方法を講じますから、その刺激を与える点はとりも直さず道義的であると同時に芸術的に違《ちが》いない（文学というものが感情性のものであって、吾人の感情を挑撥喚起するのがその根本義とすれば）。かく浪漫派は内容のうえからいって芸術的であるけれども、その内容の取扱方《とりあつかいかた》に至るとあるいは非芸術的かもしれません。という意味はどうもその書き方によくない目的があるらしい。こういう事件をこう写してこう感動させてやろうとかこう鼓舞してやろうとか、述作そのものに興味があるよりも、あらかじめ胸に一物があって、それを土台に人を乗せようとしたがる。どうもやゝともするとそこに厭味《いやみ》が出てくる。私が今晩こうやって演説をするにしても、私の一字一句に私というものが付きまつわっておってどうかして笑わせてやろう、どうかして泣かせてやろうと擽《くすぐ》ったり辛子《からし》を嘗《な》めさせるような故意の痕跡《こんせき》が見え透いたらさだめしお聴き辛《づら》いことで、ために芸術品として見たる私の講演は大いに価値を損ずるごとく、いかに内容が良くても、言い方、取扱い方、書き方が、読者を釣《つ》ってやろうとか、挑撥してやろうとかすべて故意の趣があれば、その故意《わざ》とらしいところ不自然なところはすなわち芸術としての品位に関《かゝわ》ってくるのです。こういう欠点を芸術上には厭味といって非難するのです。これに反して自然主義からいえば道義の念に訴えて芸術上の成功を収めるのが本領でないから、作中にはずいぶん汚《きた》ないことも出てくる、鼻持《はなもち》のならないことも書いてある。けれどもそれが道心を沈滞せしめて向下堕落の傾向を助長する結果を生ずるならばそれは作家か読者かどっちかが悪いので、不善挑撥もまた決してこの種の文学の主意でないことは論理的に証明できるのである。したがって善悪両面ともに感激性の素因に乏しいという点から見て、そこが芸術的でないと難を打つことはできる。その代りその書振《かきぶ》りや事件の取扱方にいたってはは本来がたゞ有の儘の姿を淡泊に写すのであるから厭味《いやみ》に陥ることは少ない。厭味とか厭味でないとかいうことはまえにも芸術上の批判であるとお断りしておきましたが、これが同時に徳義上の批判にもなるからして自然主義の文芸は内容のいかんにかゝわらずやはり道徳と密接な縁を引いているのであります。というのはたゞ有の儘を銜《てら》わないで真率《しんそつ》に書くというのが厭味のない描写としての好所であるのであるが、その有の儘を銜わないで真率に書くところを芸術的に見ないで道義的に批判したらやはり正直という言葉を同じ事象に対して用いられるのだからして、芸術と道徳も非常に接続していることが分りましょう。のみならず芸術的に厭味《いやみ》がなく道徳的に正直であるということがこの際同じ物を指《さ》しているばかりではなく理知の方面から見れば真という資格に相当するのだから、つまりは一つの物を人間の三大活力から分察したと異なるところはないのであります。三位一体と申しても可いでしょう。

こう分解してみると、一見道義的で貫《つら》ぬいている浪漫派《ロマンは》の作物に存外不徳義の分子が発見されたり、またちょっと考えると徳義の方面になんらの注意を払わない自然派の流《ながれ》を汲《く》んだものに妙に倫理上の佳所があったり、そうしてその道義的であるやいなやが一にその芸術的であるやいなやで決せられるのだから、二者の関係はいっそう明瞭になってきたわけであります。また浪漫・自然と名づけられる二種の文芸上の作物中にこの道徳の分子がいかに織り込まれるかもたいていい説明し得たつもりであります。

なお余論として以上二種の文芸の特性についてちょっと比較してみますと、浪漫派は人の気を引立《ひきた》てるような感激性の分子に富んでいるには違ないが、どうも現世現在を飛び離れているの憾《うら》みを免《まぬ》かれない。みだりに理想界の出来事《できごと》を点綴《てんてつ》(7)したような傾《かたむき》があるかもしれない。よしその理想が実現できるにしてもこれを未来に待たなければならないわけであるから、書いてあること自身は道義心の飽満悦楽を買うに十分であるとするも、その実己《おのれ》には切実の感を与え悪《にく》いものである。これに反して自然主義の文芸には、いかに倫理上の弱点が書いてあっても、その弱点はすなわち作者読者共通の弱点である場合が多いので、必竟《ひっきょう》ずるに自分を離れたものでないという意味から、汚《きたな》いことでもなんでも切実に感ずるのは吾人の親しく経験するところであります。いま一つ注意すべきことは、普通一般の人間は平生なにも事のない時に、たいてい浪漫派でありながら、いざとなると十人が十人まで皆自然主義に変ずるという事実であります。という意味は傍観者であるあいだは、他に対する道義上の要求がずいぶんと高いものなので、ちょっとした紛紜《ふんうん》(8)でも過失でも局外から評する場合にはたいへん苛《から》い。すなわち己《おれ》が彼の地位にいたらこんな失体は演じまいという己を高く見積る浪漫的な考がどこかに潜んでいるのであります。さて自分がその局に当ってやってみると、かえって自分の見縊《みくび》った先任者よりも烈《はげ》しい過失を犯しかねないのだから、その時その場合に臨むと本来の弱点だらけの自己が遠慮なく露出されて、自然主義でどこまでも押してゆかなければ遣り切れないのであります。だから私は実行者は自然派で批評家は浪漫派だと申したいくらいに考えています。次にお話したいのは先年来自然主義をある一部の人が唱えだして以後世間一般ではひどくこれを嫌《きら》って、はては自然主義といえば堕落とか猥褻《わいせつ》とかいうものの代名詞のようになってしまいました。しかしなにもそう恐れたり嫌ったりする必要は毫もないので、その結果の健全なほうも少しは見なければなりません。元来自分と同じような弱点が作物のなかに書いてあって、己と同じような人物がそこに現われているとすれば、その弱点を有する人間に対する同情の念はしぜん起るべきはずであります。また自分もいつこういう過失を犯さぬともかぎらぬという寂寞《せきばく》の感も同時にこれに伴うでしょう。己惚《うぬぼれ》の面を剝《は》ぎ取って真《ま》直《す》な腰を低くするのはむしろそういう文学の影響といわなければなりません。もし自然派の作物でありながらこういう健全な目的を達することができなければ、それこそ作物自身が悪いのであるといわなければならない。悪いという意味は作物ができ損《そこな》っているのです、どこか欠点があるというのです。前《ぜん》説明した言葉を用いて評すれば、そういう作物にはどこか不道徳の分子がある、すなわちどこか非芸術のところがある、すなわちどこか偽りを書いているのだということに帰着するのです。有の儘のほんとうを有の儘に書く正直という美徳があればそれがしぜんと芸術的になり、その芸術的の筆がまたしぜん善い感化を人に与えるのは前段の分解的記述によってもう御会得になったことと思います。自然主義に道義の分子があるということはあまり人の口にしないところですからわざ〳〵長々と弁じました。もっともたゞ新らしい私の考だから御吹聴をするという次第ではありません。御承知のとおり演題が「文芸と道徳」というのですから特にこの点に注意を払う必要があったのです。

　これで浪漫主義の文学と自然主義の文学とが等しく道徳に関係があって、そうしてこの二種の文学が、冒頭に述べた明治以前の道徳と明治以後の道徳とをちゃんと反射していることが明瞭になりましたから、我々はこの二つの舶来語を文学から切り離して、たゞちに道徳の形容詞として用い、浪漫的道徳および自然主義的道徳という言葉を使って差支ないでしょう。

　そこで私は明治以前の道徳をロマンチックの道徳と呼び明治以後の道徳をナチュラリスチックの道徳と名づけますが、さて吾々が眼前にこの二大区別を控《ひか》えて向後わが邦《くに》の道徳はどんな傾向を帯びて発展するだろうかの問題に移るならば私は下《しも》のごとくあえていいたい。「ロマンチックの道徳はだいたいにおいて過ぎ去ったものである」貴方がたがなぜかと詰問なさるならば人間の知識がそれだけ進んだからとたゞ一言答えるだけである。人間の知識がそれだけ進んだ。進んだに違ない。元は真《まこと》しやかに見えたものが、今はどう考えても真とは見えない。嘘としか思われないからである。したがって実在の権威を失ってしまうからである。単に実在の権威を失うのみならず、実行の権利すら失ってしまうのである。人間の知識が発達すれば昔のようにロマンチックな道徳を人に強いても、人は誰も躬行《きゅうこう》(9)するものではない。できない相談だということがよく分ってくるからである。これだけでもロマンチックの道徳はすでに廃《すた》れたといわなければならない。そのうえ今日のように世の中が複雑になって、教育を受ける者が皆第一に自治の手段を目的とするならば、天下国家はあまり遠すぎて直接に我々の眸《ひとみ》には映りにくくなる。豆腐屋が豆を潰《つぶ》したり、呉服屋が尺を度《はか》ったりする意味で我々も職業に従事する。上下挙《こぞ》って奔走に衣食するようになれば経世利民仁義慈悲(10)の念はしだいに自家活計の工夫と両立しがたくなる。よしその局に当る人があっても単に職業として義務心から公共のために画策遂行するにすぎなくなる。のみならず日露戦争も無事に済んで日本も当分はまず安泰の地位に置かれるような結果として、天下国家を憂としないでも、その暇に自分の嗜欲を満足する計をめぐらしても差支ない時代になっている。それやこれやの影響から吾々は日に月に個人主義の立場からして世の中を見渡すようになっている。したがって吾々の道徳もしぜん個人を本位として組み立てられるようになっている。すなわち自我からして道徳律を割り出そうと試みるようになっている。これが現代日本の大勢だとすればロマンチックの道徳換言すればわが利益のすべてを犠牲に供して他のために行動せねば不徳義であると主張するようなアルトルイスチック(11)一方の見解はどうしても空疎になってこなければならない。昔の道徳すなわち忠とか孝とか貞とかいう字を吟味してみると、当時の社会制度にあって絶対の権利を有しておった片方にのみ非常に都合の好いような義務の負担にすぎないのであります。親の勢いが非常に強いとどうしても孝を強いられる。強いられるとは常人として無理をせずに自己本来の情愛だけでは堪えられない過重の分量を要求されるという意味であります。ひとり孝ばかりではない、忠でも貞でもまた同様の観があります。なにしろ人間一生のうちで数えるほどしかない僅少の場合に道義の情火がパッと燃焼した刹那を捉《とら》えて、その熱烈純厚の気象を前後に長く引き延ばして、二六時中(12)すべてあのごとくせよと命ずるのは事実上有り得べからざることをむりに注文するのだから、冷静な科学的観察が進んでその偽りに気が付くと同時に、権威ある道徳律として存在できなくなるのは已むを得ないうえに、社会組織が漸漸変化して余儀なく個人主義が発展の歩武を進めてくるならばなおさら打撃を蒙《こうむ》るのは明かであります。

こういうとなんだか現在に甘んずる成行《なりゆき》主義のようにお取りになるかもしれないが、そう誤解されては遺憾なので、私は近時のある人のように理想は要《い》らないとか理想は役に立たないとか主張する考は毛頭ないのです。私はどんな社会でも理想なしに生存する社会は想像し得られないとまで信じているのです。現に我々は毎日ある理想、その理想は低くもあり小くもありましょう、がとにかくある理想を頭の中に描き出して、そうしてそれを明日実現しようと努力しつゝまた実現しつゝ生きてゆくのだと評しても差支ないのです。人間の歴史は今日の不満足を次日物足りるように改造し次日の不平をまたその翌日柔らげて、今日までつゞいてきたのだから、一方からいえば正しくこれ理想発現の経路にすぎんのであります。いやしくも理想を排斥しては自己の生活を否定するのと同様の矛盾に陥りますから、私は決してそういう方面の論者として諸君に誤解されたくない。たゞ私の御注意申し上げたいのは晩近《ばんきん》(13)科学上の発見と、科学の進歩に伴って起る周密公平の観察のために道徳界における吾々の理想が昔に比べると低くなった、あるいは狭くなったというだけにすぎない。だから昔のような理想の持ち方立て方も結構であるかもしれぬが、また我々も昔のようなロマンチシストでありたいが、周囲の社会組織と内部の科学的精神にもまた相当の権利を持たせなければ順応調節の生活ができにくくなるので、しぜんナチュラリスチックの傾向を帯びるべく余儀なくされるのである。けれども自然主義の道徳というものは、人間の自由を重んじすぎて好きな真似をさせるという虞《おそれ》がある。本来が自己本位であるから、個人の行動が放縦不羈《ふき》になればなるほど、個人としては自由の悦楽を味《あじわ》い得《う》る満足があるとともに、社会の一人としてはいつも不安の目を睜《みは》って他を眺めなければならなくなる、ある時は恐ろしくなる。その結果一部的の反動としては、浪漫的の道徳がこれから起らなければならないのであります。現に今小さい波動として、それが起りつゝあるかもしれません。けれども要するに小波瀾《しょうはらん》の曲折を描く一部分にすぎないのでだいたいの傾向からいえばどうしても自然主義の道徳がまだ〳〵展開してゆくように思われます。以上を総括して今後の日本人にはどういう資格が最も望ましいかと判じてみると、実現のできる程度の理想を懐《いだ》いて、こゝに未来の隣人同胞との調和を求め、また従来の弱点を寛容する同情心を持して現在の個人に対する接触面の融合剤とするような心掛《こゝろがけ》――これがたいせつだろうと思われるのです。

今日の有様では道徳と文芸というものは、たいへん離れているように考えている人が多数で、道徳を論ずるものは文芸を講ずるを屑《いさぎよ》しとせず、また文芸に従事するものは道徳以外の別天地に起臥《きが》しているように独《ひと》り極《ぎ》めで悟っているごとく見受けますが、けだし両方とも嘘である。その嘘である理由は今までやってきた分解で御合点がいったはずであります。もっとも社会というものはいつでも一元では満足しない。物は極《きわ》まれば通ず(14)とかいう諺《ことわざ》のとおり、浪漫主義の道徳が行き詰《づま》れば自然主義の道徳がだん〳〵頭を擡《もた》げ、また自然主義の道徳の弊が顕著になって人心がようやく厭気《いやき》に襲われるとまた浪漫主義の道徳が反動として起るのは当然の理であります。歴史は過去を繰返《くりかえ》すというのはこゝのことにほかならんのですが、厳密な意味でいうと、学理的に考えてもまた実際に徴してみても、一遍《いっぺん》過ぎ去ったものは決して繰返されないのです。繰返されるように見えるのは素人だからである。だから今もし小波瀾としてこの自然主義の道徳に反抗して起るものがあるならば、それは浪漫派に違いないが、維新前の浪漫派が再び勃興することはとうてい困難である、また駄目である。同じ浪漫派にしても我々現在生活の陥欠を補う新らしい意義を帯びた一種の浪漫的道徳でなければなりません。

道徳における向後の大勢および局部の波瀾として目前に起るべき小反動は要するにかくのごとき性質のものであって、道徳と文芸との密接なる関係もまた上説のごとしとすれば、これからわが社会の要する文芸というものもまた同じ方向に同じ意味において発展しなければならないのも、また多言を要せずして明かな話であります。もし活社会の要する道徳に反対した文芸が存在するならば……存在するならばではない、そんなものは死文芸としてよりほかに存在はできないものである、枯れてしまわなければならないのである。人工的にいくら声を嗄《か》らして天下に呼号してもほとんど無益かと考えます。社会が文芸を生むか、または文芸に生まれるかどちらかはしばらく措《お》いて、いやしくも社会の道徳と切っても切れない縁で結び付けられている以上、倫理面に活動する底《てい》の文芸は決して吾人内心の欲する道徳と乖離《かいり》(15)して栄えるわけがない。

我々人間としてこの世に存在する以上どう藻掻《もが》いても道徳を離れて倫理界の外に超然と生息するわけにはゆかない。道徳を離れることができなければ、一見道徳とは没交渉に見える浪漫主義や自然主義の解釈も一考してみる価値がある。この二つの言葉は文学者の専有物ではなくって、貴方がたと切り離し得べからざる道徳の形容詞としてすぐ応用ができるというのが私の意見で、なぜそう応用ができるかという訳と、かく応用された言葉の表現する道徳が日本の過去現在に興味ある陰影を投げているということと、それからその陰影がどういう具合に未来に放射されるであろうかという予想と――まずこれらが私の演題の主眼な点なのであります。（明治四十四年八月大阪において述）

（明治四四・一一・一〇『朝日講演集』）

(1)鉱《あらがね》　「粗金」とも書く。鉱山から掘出したままの精練しない鉱石。

(2)詰腹《つめばら》　他から強いられて切腹すること。

(3)救世軍　キリスト教の一派。街頭に出て伝道と社会事業に従事する。

(4)非道《ひど》い　ふつう「酷い」と書く。

(5)勧善懲悪　善行をすすめ、悪行をこらしめる。江戸時代の通俗小説、特に馬琴などの「読本《よみほん》」の特色の一つとされる。

(6)疵瑕《しか》　欠点。きず。

(7)点綴《てんてつ》　あれこれととりあわせること。

(8)紛紜《ふんうん》　いりみだれるさま。もつれ。

(9)躬行《きゅうこう》　口で言うとおり実際に行うこと。

(10)経世利民仁義慈悲　政治を行うのに心がけなければならない心がまえ。「経世」は、世の中を治めること。「利民」は、民の利を計ること。

(11)アルトルイスチック　altruistic（英）。愛他的な。利他主義（他人に利を与えることを中心とする）の。

(12)二六時中　しょっちゅう。いつも。

(13)輓近《ばんきん》　ちかごろ。最近。

(14)極《きわ》まれば通ず　「窮すれば通ず」と同じ。行き詰って苦しめばおのずから道がひらかれる、の意味。

(15)乖離《かいり》　そむきはなれること。

四　上からの道徳に抗う――「文芸と道徳」（一九一一・八・一八）

（小森陽一）

文芸と道徳は二項対立にならない

「文芸と道徳」は一九一一（明治四四）年八月一八日に大阪で行われた講演である。本来「自己本位」に執筆される文芸と、他人との関係を規定する道徳という二項対立を批判し、「道徳を論ずるものは文芸を談ずるを屑《いさぎよ》しとせず、また文芸に従事するものは道徳以外の別天地に起臥《きが》しているように独《ひと》り極《ぎ》め」せんとしている俗説に対して「両方とも嘘である」という結論が導き出されていく。

漱石は、まず「徳川氏」時代の「昔の道徳」と「維新以後四十四五年を経過した今日」の「道徳」を対比してみせる。

「徳川氏」時代の「道徳」は、「忠臣」「孝子」「貞女」といった「完全」な「理想的の型」をつくり、「模範」に人間を当てはめようとしていた。一人ひとりの「内部」にもその理想型に「ならなければならん」という気持ちが働き、「外部」からも「鞭撻《べんたつ》」がある。結果として「向上の精神に富んだ気概の強い」「感激性の活計」を営むことになっていた。

結果として「個人に対する」社会からの「倫理上の要求」は苛《か》酷《こく》となり、「過失」が許されず、「すぐ命に関係してくる」ようになる。すなわち、「腹を切って申訳《もうしわけ》をした」のである。

なぜこのような社会になっていたかというと、一つには「科学的の観察が行届《ゆきとど》かなかった」ために、「忠臣」「孝子」「貞女」といった模範に対し「批判的にこれ等の模範を視《み》る精神に乏しかった」からだ。もう一つは、「階級制度で社会が括《くく》られていた」ため、「自他の生活に懸隔」があり、「階級が違えば種類が違う」という考え方から、「模範的な忠臣孝子」が「現にいる」かのように錯覚していたのだ、と漱石はいう。

しかし「維新後の道徳」は「人間は完全なものでない、初めはむろん、いつまで行っても不純であると、事実の観察に本《もと》づいた」ものになった。「世の中は穏かになってきた」のであり、「倫理観の程度が低くな」り、「だんだん住み易《やす》い世の中になって」来たと漱石は強調する。

そして、「私は明治維新のちょうど前の年に生れた人間」であると自己規定し、「徳川氏時代の道徳」と新しい「道徳」の間の「海陸両棲《りょうせい》動物のよう」だと述べながら、「今の若い人」たちが、自分の「弱点を自由に白状」する精神に驚きをあらわにしている。これが、「昔」の道徳と「今」の道徳の大きな違いである。

自然主義文学批難を批判する

つづいて漱石は「文芸」の話へ「移」る。「文芸」の二項対立は「浪漫主義《ロマンしゅぎ》」対「自然主義」、「すなわちロマンチシズムとナチュラリズム」の二項対立として話を進めていく。そして、「二つの言葉の意味性質」を明らかにしたうえで、この二つの概念を「昔と今の道徳に結び付けて両方を総合」する、という講演全体の枠組みを、ここで提示している。

まず「浪漫主義の文学」においては、登場「人物の行為心術」は「我々より偉大」であり、「公明」であり、「感激性に富んでいる」ので、「読者が倫理的に向上遷善の刺激を受ける」ことになる、と漱石は論じていく。

それに対し「自然主義の文学」では、「人間」を「勿体《もったい》をつけて有難《ありがた》そうには書かない」ので、「倫理上の感激には乏しい」ということになる。「普通の人間をたゞ有《あ》りの儘《まゝ》の姿に描く」のが「自然主義の文学」なのである。

さらに漱石は、「浪漫自然二主義」がどのように「道徳と交渉しているか」について話を進めていく。「浪漫派」は「読者の徳性を刺激して」「動かそうという方法」をとるので、「内容のうえからいって芸術的である」が、「内容の取扱方《とりあつかいかた》」については、「非芸術的」になってしまう可能性がある。なぜなら、ある「事件」を「取扱」う場合、それによって読者を「感動させてやろう」「鼓舞してやろう」という「故意」があるので、その「故意《わざ》とらしいところ」が「芸術上には厭味」になる場合が発生するからだ。

これに対して「自然主義」の場合は「汚《きた》ないこと」や「鼻持《はなもち》のならないこと」も出てきて、「善悪両面」において「感激性」に「乏しい」ことが描かれるので、「そこが芸術的でない」と言える。けれども、「たゞ有の儘の姿を淡泊に写すので」「厭味《いやみ》」には決してならない。したがって「自然主義」の場合は「有の儘を衒わないで真率に書くところを芸術的に見」る必要があるのだ。そこを「道義的に批判」するのは誤りなのだ。なぜなら、「有の儘」が「真率に書」かれているということは、「正直」という「道徳」的価値の実践に他ならないからだ。

漱石の一つの結論は次のようになる。

……芸術的に厭味《いやみ》がなく道徳的に正直であるということがこの際同じ物を指《さ》しているばかりではなく理知の方面から見れば真という資格に相当するのだから、つまりは一つの物を人間の三大活力から分察したと異なるところはないのであります。三位一体と申しても可いでしょう。

「自然主義」文学を、あたかもいかがわしいものであるかのように批判していた同時代の論調に対する、みごとな理論的批判である。

単純化された二項対立の各項を、異なる二項対立に分割したうえで止揚する、弁証法的論述である。だからこそ、「一見道義的で貫《つら》ぬいている浪漫派《ロマンは》の作物に存外不徳義の分子が発見されたり」、「徳義の方面になんらの注意を払わない自然派の流《ながれ》を汲《く》んだものに妙に倫理上の佳所があったり」するのだ、と漱石は主張する。

さらに「浪漫派」は「現世現在を飛び離れ」ているのに対し、「自然主義の文芸」は「作者読者共通の弱点」を描くので、決して「自分を離れたものでない」のである。また「なにも事のない」「平生」において人々は「たいてい浪漫派」なのだが、「いざとなると」みな「自然主義に変ずるという事実」を漱石は指摘し、「私は実行者は自然派で批評家は浪漫派だと申したい」と主張する。

以前と以後、それぞれの「道徳」

漱石は、「自然主義といえば堕落とか猥褻《わいせつ》とかいう」「世間一般」の論調に批判を向けているのである。本来の「自然主義」は、読者と同じ「弱点を有する人間」を描き、「同情の念」を喚起し、「己惚《うぬぼれ》の面を剝《は》ぎ取って真直《まっすぐ》な腰を低くする」効力を有しているのである。「有の儘のほんとうを有の儘に書く正直という美徳があればそれがしぜんと芸術的になり、その芸術的の筆がまたしぜん善い感化を人に与える」という漱石の指摘は、合理的判断と美的判断との相乗的効果を、正確に論理化している。

一般聴衆を相手にした講演ではあるが、漱石の論理的思考は、哲学的な深さへと達している。この論理的到達点を踏まえて、「文芸」の概念をあらためて漱石は「道徳」と接合していくことになる。「私は明治以前の道徳をロマンチックの道徳と呼び明治以後の道徳をナチュラリスチックの道徳と名づけます」と漱石は宣言する。

「ロマンチックの道徳はだいたいにおいて過ぎ去ったものである」と漱石が判断するのは、「人間の知識がそれだけ進んだから」である。

「ロマンチックの道徳」とは、自分の「利益のすべてを犠牲」にして、「他のために行動せねば不徳義である」という考え方である。しかし、この「他のため」の「他」は、「当時の社会制度にあって絶対の権利を有しておった片方」、つまり権力を持っている側のことにほかならない。「孝」であれば、親とりわけ父、「忠」であれば主君、「貞」であれば男と、「個人」を認めていない枠組みなのである。

だから、「科学的観察が進」み、「社会組織が漸々変化して余儀なく個人主義が発展」している現在においては、どうしても「ナチュラリスチック」になっていくのである。

過去現在から未来を見通す

漱石の認識は明晰《めいせき》である。

だから昔のような理想の持ち方立て方も結構であるかもしれぬが、また我々も昔のようなロマンチシストでありたいが、周囲の社会組織と内部の科学的精神にもまた相当の権利を持たせなければ順応調節の生活ができにくくなるので、しぜんナチュラリスチックの傾向を帯びるべく余儀なくされるのである。

「文芸」上の概念であった「浪漫主義」と「自然主義」を、漱石は整合的に「道徳」の在り方と結びつけている。そして、この論理的な展開の中で、「自己本位」という、後の「私の個人主義」の理論的支柱となる概念が登場してくることになる。

漱石は言う。「本来が自己本位であるから、個人の行動が放縦不羈《ふき》になればなるほど、個人としては自由の悦楽を味《あじわ》い得《う》る満足があるとともに、社会の一人としてはいつも不安の目を睜《みは》って他を眺めなければならなくなる」。だから「反動」としての「浪漫的道徳」があらわれてくることにもなるのだ。

漱石の認識は、「日本の過去現在」を語りながら、「その陰影がどういう具合に未来に放射される」かに及んでいるのである。

第五章　私の個人主義

私は今日《きょう》初めてこの学習院(1)というものの中にはいりました。もっとも以前から学習院はたぶんこの見当だろうぐらいに考えていたには相違ありませんが、はっきりとは存じませんでした。中へはいったのはむろん今日が初めてでございます。

さきほど岡田さん(2)が紹介かた〴〵ちょっとお話になったとおりこの春なにか講演をという御注文でありましたが、その当時はなにか差支《さしつかえ》があって、――岡田さんのほうが当人の私よりよく御記憶とみえて貴方《あなた》がたに御納得のできるようにたゞいま御説明がありましたが、とにかくひとまずお断りを致《いた》さなければならんことになりました。しかしたゞお断りを致すのもあまり失礼と存じまして、この次には参りますからという条件を付け加えておきました。その時念のためこの次はいつごろになりますかと岡田さんに伺いましたら、此年《ことし》の十月だという御返事であったので、心のうちに春から十月までの日数をだいたい繰《く》ってみて、それだけの時間があればそのうちにどうにかできるだろうと思ったものですから、宜《よろ》しゅうございますとはっきりお受合《うけあい》申したのであります。ところが幸か不幸か病気に罹《かゝ》りまして、九月いっぱい床に就《つ》いておりますうちに御約束の十月が参りました。十月にはもう臥《ふ》せってはおりませんでしたけれども、なにしろひょろ〳〵するので講演はちょっとむずかしかったのです。しかしお約束を忘れてはならないのですから、腹の中では、いまになにか言ってこられるだろう〳〵と思って、ないないは恐《こわ》がっていました。

そのうちひょろ〳〵もついに癒《なお》ってしまったけれども、こちらからは十月末までなんの御《ご》沙汰《さた》もなく打ち過ぎました。私はむろん病気のことを御通知はしておきませんでしたが、二三の新聞にちょっと出たという話ですから、あるいはその辺の事情を察せられて、誰《だれ》かが私の代りに講演をやってくださったのだろうと推測して安心しだしました。ところへまた岡田さんがまた突然見えたのであります。岡田さんはわざ〳〵長靴《ながぐつ》を穿《は》いて見えたのであります。（もっとも雨の降る日であったからでもありましょうが、）そういった身拵《みごしら》えで、早稲田《わせだ》の奥まで来てくだすって、例の講演は十一月の末まで繰り延ばすことにしたから約束どおり遣《や》ってもらいたいという御口上なのです。私はもう責任を逃《のが》れたように考えていたものですから実は少々驚《おど》ろきました。しかしまだ一か月も余裕があるから、そのあいだにどうかなるだろうと思って、宜しゅうございますとまた御返事を致しました。

右の次第で、この春から十月に至るまで、十月末からまた十一月二十五日に至るまでのあいだに、なにか纏《まとま》ったお話をすべき時間はいくらでも拵えられるのですが、どうも少し気分が悪くって、そんなことを考えるのが面倒《めんどう》で堪《たま》らなくなりました。そこでまあ十一月二十五日が来るまでは構うまいという横着《おうちゃく》な料簡《りょうけん》を起して、ずる〳〵べったりにその日〳〵を送っていたのです。いよ〳〵と時日が逼《せま》った二三日まえになって、なにか考えなければならないという気が少ししたのですが、やはり考えるのが不愉快なので、とう〳〵絵を描《か》いて暮らしてしまいました。絵を描くというとなにかえらいものが描けるように聞えるかもしれませんが、実は他愛《たわい》もないものを描いて、それを壁に貼《は》り付けて一人《ひとり》で二日も三日もぼんやり眺《なが》めているだけなのです。昨日でしたかある人が来て、この絵はたいへん面白《おもしろ》い——いや面白いと言ったのではありません、面白い気分の時に描いた画《え》らしく見えると言ってくれたのでした。それから私は愉快だから描いたのではない、不愉快だから描いたのだと言って私の心の状態をその男に説明してやりました。世の中には愉快でじっとしていられない結果を画にしたり、書にしたり、または文にしたりする人があるとおり、不愉快だから、どうかして好《い》い心持になりたいと思って、筆を執って画なり文章なりを作る人もあります。そうして不思議にもこの二つの心的状態が結果に現われたところを見るとよく一致している場合が起るのです。しかしこれはほんのついでに申し上ることで、話の筋に関係した問題でもありませんから深くは立ち入りません。——なにしろ私はその変な画を眺めるだけで、講演の内容をちっとも組み立てずに暮らしてしまったのです。

そのうちいよ〳〵二十五日が来たので、否《いや》でも応でもこゝへ顔を出さなければ済《す》まないことになりました。それで今朝少し考を纏《まと》めてみましたが、準備がどうも不足のようです。とても御満足のゆくようなお話はできかねますから、そのつもりで御辛防《ごしんぼう》を願います。

この会はいつごろから始まって今日まで続いているのか存じませんが、そのつど貴方がたが他所《よそ》の人を連れてきて、講演をさせるのは、一般の慣例として毫《ごう》も不都合でないと私も認めているのですが、また一方から見ると、それほどあなたがたの希望するような面白い講演は、いくらどこからどんな人を引張《ひっぱ》ってきても容易に聞かれるものではなかろうとも思うのです。貴方がたにはたゞ他所の人が珍《めず》らしく見えるのではありますまいか。

私が落語家《はなしか》から聞いた話のなかにこんな風刺的のがあります。――昔(3)あるお大名が二人目《ふたりめ》黒《ぐろ》(4)辺へ鷹狩《たかがり》に行って、所々方々を馳《か》け回ったすえ、たいへん空腹になったが、あいにく弁当の用意もなし、家来とも離れ離れになって口腹を充《み》たす糧《かて》を受けることができず、仕方《しかた》なしに二人はそこにある汚《きた》ない百姓家へ馳け込んで、なんでも好《い》いから食わせろと言ったそうです。するとその農家の爺《じい》さんと婆《ばあ》さんが気の毒がって、有合《ありあわ》せの秋刀魚《さんま》を炙《あぶ》って二人の大名に麦飯《むぎめし》を勧めたと言います。二人はその秋刀魚を肴《さかな》に非常に旨《うま》く飯を済まして、そこを立《たち》出《いで》たが、翌日《あくるひ》になっても昨日の秋刀魚の香《か》がぷん〳〵鼻を衝《つ》くといった始末で、どうしてもその味を忘れることができないのです。それで二人のうちの一人が他を招待して、秋刀魚の御馳走《ごちそう》をすることになりました。そのむねを承《うけたま》わって驚ろいたのは家来です。しかし主命ですから反抗するわけにもゆきませんので、料理人に命じて秋刀魚の細い骨を毛抜《けぬき》で一本一本抜かして、それを味淋《みりん》かなにかに漬《つ》けたのを、ほどよく焼いて、主人と客とに勧めました。ところが食うほうは腹も減っていず、また馬鹿《ばか》丁寧な料理方で秋刀魚の味を失った妙な肴を箸《はし》で突っついてみたところで、ちっとも旨くないのです。そこで二人が顔を見合《みあわ》せて、どうも秋刀魚は目黒に限るねといったような変な言葉《ことば》を発したというのが話の落《おち》になっているのですが、私から見ると、この学習院という立派《りっぱ》な学校で、立派な先生に始終接している諸君が、わざ〳〵私のようなものの講演を、春から秋の末まで待ってもお聞きになろうというのは、ちょうど大牢《たいろう》(5)の美味に飽いた結果、目黒の秋刀魚がちょっと味わってみたくなったのではないかと思われるのです。

この席におられる大森教授(6)は私と同年かまたは前後して大学を出られたかたですが、その大森さんが、かつて私にどうも近ごろの生徒は自分の講義をよく聴《き》かないで困る、どうも真《ま》面目《じめ》が足りないで不都合だというようなことを言われたことがあります。その評はこの学校の生徒についてではなく、どこかの私立学校の生徒についてだったろうと記憶していますが、なにしろ私はその時大森さんに対して失礼なことを言いました。

こゝで繰《く》り返《かえ》していうのもお恥ずかしいわけですが、私はその時、君などの講義を有難《ありがた》がって聴く生徒がどこの国にいるものかと申したのです。もっとも私の主意はその時の大森君には通じていなかったかもしれませんから、この機会を利用して、誤解を防いでおきますが、私どもの書生時代、あなたがたと同年輩、もしくはもう少し大きくなった時代、には、今の貴方がたよりよほど横着で、先生の講義などはほとんど聴いたことがないといっても好いくらいのものでした。もちろんこれは私や私の周囲のものを本位として述べるのでありますから、圏外にいたものには通用しないかもしれませんけれども、どうも今の私から振《ふ》り返ってみると、そんな気がどこかでするように思われるのです。現にこの私は上部《うわべ》だけは温順らしく見えながら、決して講義などに耳を傾ける性質ではありませんでした。始終怠《なま》けてのらくらしていました。その記憶をもって、真面目な今の生徒を見ると、どうしても大森君のように、彼等を攻撃する勇気が出てこないのです。そういった意味からして、つい大森さんに対して済《す》まない乱暴を申したのであります。今日は大森君に詫《あや》まるためにわざ〳〵出掛《でか》けた次第ではありませんけれども、ついでだからみんなのいる前で、謝罪しておくのです。

話がついとんだところへ外《そ》れてしまいましたから、再び元《もと》へ引き返して筋の立つようにいいますと、つまりこうなるのです。

貴方がたは立派な学校に入《はい》って、立派な先生から始終指導を受けていらっしゃる、またそのかた〴〵の専門的もしくは一般的の講義を毎日聞いていらっしゃる。それだのに私見たようなものを、ことさらに他所から連れてきて、講演を聴こうとなされるのは、ちょうど先刻お話したお大名が目黒の秋刀魚を賞翫《しょうがん》したようなもので、つまりは珍《めず》らしいから、一口食ってみようという料簡《りょうけん》じゃないかと推察されるのです。実際をいうと、私のようなものよりも、貴方がたが毎日顔を見ていらっしゃる常雇《じょうやと》いの先生のお話のほうがよほど有益でもあり、かつまた面白かろうとも思われるのです。たとい私にしたところで、もしこの学校の教授にでもなっていたならば、単に新《あた》らしい刺激のないというだけでも、このくらいの人数が集って私の講演をお聴きになる熱心なり好奇心なりは起るまいと考えるのですがどんなものでしょう。

私がなぜそんな仮定をするかというと、この私は現に昔この学習院の教師になろうとしたことがあるのです。もっとも自分で運動したわけでもないのですが、この学校にいた知人が私を推薦してくれたのです。その時分の私は卒業する間際《まぎわ》までなにをして衣食の道を講じていいか知らなかったほどの迂闊者《うかつもの》でしたが、さていよ〳〵世間へ出てみると、懐手《ふところで》をして待っていたって、下宿料が入《はい》ってくるわけでもないので、教育者になれるかなれないかの問題はとにかく、どこかへ潜《もぐ》り込む必要があったので、ついこの知人のいうとおりこの学校へ向けて運動を開始した次第であります。その時分私の敵が一人ありました。しかし私の知人は私に向《むか》ってしきりに大丈夫《だいじょうぶ》らしいことをいうので、私のほうでも、もう任命されたような気分になって、先生はどんな着物を着なければならないのかなどと訊《き》いてみたものです。するとその男はモーニングでなくては教場へ出られないと言いますから、私はまだことの極《きま》らないさきに、モーニングを誂《あつ》らえてしまったのです。そのくせ学習院とはどこにある学校かよく知らなかったのだから、すこぶる変なものです。さていよ〳〵モーニングができ上《あが》ってみると、あに計らんやせっかく頼みにしていた学習院のほうは落第とことが極《きま》ったのです。そうしてもう一人の男が英語教師の空位を充たすことになりました。その人はなんという名でしたか今は忘れてしまいました。べつだん悔《くや》しくもなんともなかったからでしょう。なんでも米国帰りの人とか聞いていました。――それで、もしその時にその米国帰りの人が採用されずに、この私がまぐれ当りに学習院の教師になって、しかも今日まで永続していたなら、こうした丁重なお招きを受けて、高い所から貴方がたにお話をする機会もついに来なかったかもしれますまい。それをこの春から十一月までも待って聴いてくださろうというのは、となりもなおさず、私が学習院の教師に落第して、貴方がたから目黒の秋刀魚のように珍らしがられている証拠ではありませんか。

私はこれから学習院を落第してから以後の私について少々申上《もうしあ》げようと思います。これは今までお話をしてきた順序だからという意味よりも、今日の講演に必要な部分だからと思って聴いていたゞきたいのです。

私は学習院は落第したが、モーニングだけは着ていました。それよりほかに着るべき洋服は持っていなかったのだから仕方がありません。そのモーニングを着てどこへ行ったと思いますか？　その時分は今と違って就職の途《みち》はたいへん楽でした。どちらを向いても相当の口は開いていていたように思われるのです。つまりは人が払底《ふってい》なためだったのでしょう。私のようなものでも高等学校⑦と、高等師範⑧からほとんど同時に口が掛《か》りました。私は高等学校へ周旋してくれた先輩に半分承諾を与えながら、高等師範のほうへも好《い》い加減《かげん》な挨拶《あいさつ》をしてしまったので、事が変な具合にもつれてしまいました。もと〳〵私が若いから手ぬかりやら、不行《ふゆき》届《とゞき》がちで、とう〳〵自分に祟《たゝ》ってきたと思えば仕方がありませんが、弱らせられたことは事実です。私は私の先輩なる高等学校の古参の教授のところへ呼びつけられて、こっちへ来るようなことを言いながら、他《ほか》にも相談をされては、仲に立った私が困ると言って譴責《けんせき》されました。私は年の若いうえに、馬鹿の肝癪持《かんしゃくもち》ですから、いっそ双方とも断ってしまったら好いだろうと考えて、その手続きを遣《や》りはじめたのです。するとある日当時の高等学校長、今ではたしか京都の理科大学長⑨をしている久原さん⑩から、ちょっと学校まで来てくれという通知があったので、さっそく出掛けてみると、その座に高等師範の校長嘉納治五郎さん⑪と、それに私を周旋してくれた例の先輩がいて、相談は極った、こっちに遠慮は要《い》らないから高等師範のほうへ行ったら好《よ》かろうという忠告です。私は行掛《ゆきがか》り上否《いや》だとは言えませんから承諾のむねを答えました。が腹の中では厄介《やっかい》なことになってしまったと思わざるを得なかったのです。というものは今考えると勿体《もったい》ない話ですが、私は高等師範などをそれほど有難く思っていなかったのです。嘉納さんにはじめて会った時も、そうあなたのように教育者として学生の模範になれというような注文だと、私にはとても勤まりかねるからと逡巡《しゅんじゅん》したくらいでした。嘉納さんは上手《じょうず》な人ですから、いやそう正直に断《こと》わられると、私はますます〳〵貴方に来ていたゞきたくなったと言って、私を離さなかったのです。こういう訳で、未熟な私は双方の学校を懸持《かけもち》しようなどという欲張根性《よくばりこんじょう》はさらになかったにかゝわらず、関係者に要《い》らざる手数を掛けた後、とう〳〵高等師範のほうへ行くことになりました。

しかし教育者として偉《えら》くなり得《う》るような資格は私に最初から欠けていたのですから、私はどうも窮屈で恐れ入りました。嘉納さんも貴方はあまり正直すぎて困るといったくらいですから、あるいはもっと横着を極《き》めていても宜《よ》かったのかもしれません。しかしどうあっても私には不向《ふむき》なところだとしか思われませんでした。奥底のない打ち明けたお話をすると、当時の私はまあ肴屋《さかなや》が菓子屋へ手伝いに行ったようなものでした。

一⑿年の後私はとう〳〵田舎《いなか》の中学へ赴任しました。それは伊予《いよ》の松山にある中学校です。貴方がたは松山の中学と聞いてお笑いになるが、おおかた私の書いた「坊ちゃん」でも御覧になったのでしょう。「坊ちゃん」の中に赤シャツという渾名《あだな》を有《も》っている人があるが、あれはいったい誰《だれ》のことだと私はその時分よく訊《き》かれたものです。誰のことだって、当時その中学に文学士といったら私一人なのですから、もし「坊ちゃん」の中の人物を一々実在のものと認めるならば、赤シャツはすなわちこういう私のことにならなければならんので、――はなはだ有難い仕合《しあわ》せと申上げたいようなわけになります。

松山にもたった一か年しかおりませんでした。立つ時に知事[13]が留めてくれましたが、もう先方と内約ができていたので、とう〱断ってそこを立ちました。そうして今度は熊本の高等学校に腰を据《す》えました[14]。こういう順序で中学から高等学校、高等学校から大学と順順に私は教えてきた経験を有っていますが、たゞ小学校と女学校だけはまだ足を入れた試《ためし》がございません。

熊本にはだいぶ長くおりました。突然文部省から英国へ留学をしてはどうかという内談のあったのは、熊本へ行ってから何年目になりましょうか。私はその時留学を断わろうかと思いました。それは私のようなものが、なんの目的も有たずに、外国へ行ったからといって、別に国家のために役に立つ訳もなかろうと考えたからです。しかるに文部省の内意を取次《とりつ》いでくれた教頭が、それは先方の見込みなのだから、君のほうで自分を評価する必要はない、ともかくも行ったほうが好かろうというので、私も絶対に反抗する理由もないから、命令どおり英国へ行きました[15]。しかしはたせるかななにもすることがないのです。

それを説明するためには、それまでの私というものを一応お話しなければならんことになります。そのお話がすなわち今日の講演の一部分を構成するわけなのですからそのつもりでお聞きを願います。

私は大学で英文学という専門をやりました。その英文学というものはどんなものかとお尋ねになるかもしれませんが、それを三年専攻した私にもなにがなんだかまあ夢中だったのです。そのころはジクソン⒃という人が教師でした。私はその先生の前で詩を読ませられたり文章を読ませられたり、作文を作って、冠詞が落ちていると言って叱《しか》られたり、発音が間違《まちが》っていると怒《おこ》られたりしました。試験にはワーズワースは何年に生れて何年に死んだとか、シエクスピヤのフォリオ⒄はいくとおりあるがとか、あるいはスコットの書いた作物を年代順に並べてみろとかいう問題ばかり出たのです。年の若いあなたがたにもほゞ想像ができるでしょう、はたしてこれが英文学かどうだかということが。英文学はしばらくおいて第一文学とはどういうものだか、これではとうてい解《わか》るはずがありません。それなら自力でそれを窮《きわ》め得《う》るかというと、まあ盲目《めくら》の垣覗《かきのぞ》き⒅といったようなもので、図書館に入《はい》って、どこをどうろついても手掛《てがかり》がないのです。これは自力の足りないばかりでなくその道に関した書物も乏しかったのだろうと思います。とにかく三年勉強して、ついに文学は解らずじまいだったのです。私の煩悶《はんもん》は第一こゝに根ざしていたと申し上げても差支ないでしょう。

私はそんなあやふやな態度で世の中へ出てとう〳〵教師になったというより教師にされてしまったのです。さいわいに語学のほうは怪しいにせよ、どうかこうかお茶を濁してゆかれるから、その日〳〵はまあ無事に済んでいましたが、腹の中は常に空虚でした。空虚ならいっそ思い切りが好かったかもしれませんが、なんだか不愉快な煮え切らない漠然《ばくぜん》たるものが、至るところに潜んでいるようで堪《た》まらないのです。しかも一方では自分の職業としている教師というものに少しの興味も有ち得ないのです。教育者であるという素因の私に欠乏しているることははじめから知っていましたが、たゞ教場で英語を教えることがすでに面倒《めんどう》なのだから仕方がありません。私は始終中腰で隙《すき》があったら、自分の本領へ飛び移ろう〳〵とのみ思っていたのですが、さてその本領というのがあるようで、ないようで、どこを向いても、思い切ってやっと飛び移れないのです。

私はこの世に生れた以上なにかしなければならん、といってなにをして好いか少しも見当が付かない。私はちょうど霧の中に閉じ込められた孤独の人間のように立ち竦《すく》んでしまったのです。そうしてどこからか一筋の日光が射《さ》してこないかしらんという希望よりも、こちらから探照燈を用いてたった一条《ひとすじ》で好いから先まで明らかに見たいという気がしました。ところが不幸にしてどちらの方角を眺めてもぼんやりしているのです。ぼうっとしているのです。あたかも嚢《ふくろ》の中に詰められて出ることのできない人のような気持がするのです。私は私の手にたゞ一本の錐《きり》さえあればどこか一か所突き破ってみせるのだがと、焦躁《あせ》り抜いたのですが、あいにくその錐は人から与えられることもなく、また自分で発見するわけにもいかず、たゞ腹の底ではこのさき自分はどうなるだろうと思って、人知れず陰鬱《いんうつ》な日を送ったのであります。

私はこうした不安を抱《いだ》いて大学を卒業し、同じ不安を連れて松山から熊本へ引越《ひっこ》し、また同様の不安を胸の底に畳《たゝ》んでついに外国まで渡ったのであります。しかしいったん外国へ留学する以上は多少の責任を新たに自覚させられるには極っています。それで私はできるだけ骨《ほね》を折《お》ってなにかしようと努力しました。しかしどんな本を読んでも依然として自分は嚢の中から出るわけにまいりません。この嚢を突き破る錐はロンドン中探《さが》して歩いても見付《みつ》かりそうになかったのです。私は下宿の一間の中で考えました。詰《つま》らないと思いました。いくら書物を読んでも腹の足《たし》にはならないのだと諦《あきら》めました。同時になんのために書物を読むのか自分でもその意味が解《わか》らなくなってきました。

この時私ははじめて文学とはどんなものであるか、その概念を根本的に自力で作り上げるよりほかに、私を救う途《みち》はないのだと悟ったのです。今まではまったく他人本位で、根のない萍《うきぐさ》のように、そこいらをでたらめに漂《たゞ》よっていたから、駄目《だめ》であったということにようやく気が付いたのです。私のこゝに他人本位というのは、自分の酒を人に飲んでもらって、後《あと》からその品評を聴いて、それを理が非でもそうだとしてしまういわゆる人真似《ひとまね》を指《さ》すのです。一口にこういってしまえば、馬鹿らしく聞《き》こえるから、誰もそんな人真似をする訳がないと不審がられるかもしれませんが、事実は決してそうではないのです。近ごろ流行《はや》るベルグソン⑲でもオイケン⑳でもみな向《むこ》うの人がとやかくいうので日本人もその尻馬《しりうま》に乗って騒ぐのです。

ましてそのころは西洋人のいうことだといえばなんでもかでも盲従して威張《いば》ったものです。だからむやみに片仮名《かたかな》を並べて人に吹聴《ふいちょう》して得意がった男が比々《ひゝ》(21)皆是なりと言いたいくらいごろ〳〵していました。他《ひと》の悪口ではありません。こういう私が現にそれだったのです。たとえばある西洋人が甲という同じ西洋人の作物を評したのを読んだとすると、その評の当否はまるで考えずに、自分の腑《ふ》に落ちようが落ちまいが、むやみにその評を触れ散らかすのです。つまり鵜呑《うのみ》といってもよし、また機械的の知識といってもよし、とうていわが所有とも血とも肉ともいわれない、余所々々《よそ〳〵》しいものを我物顔《わがものがお》に喋舌《しゃべ》って歩くのです。しかるに時代が時代だから、またみんながそれを賞《ほ》めるのです。

けれどもいくら人に賞められたって、もと〳〵人の借着《かりぎ》をして威張っているのだから、内心は不安です。手もなく孔雀《くじゃく》の羽根を身に着けて威張っているようなものですから。それでもう少し浮華を去って摯実《しじつ》に就《つ》かなければ、自分の腹の中はいつまで経《た》ったって安心はできないということに気がつきだしたのです。

たとえば西洋人がこれは立派な詩だとか、口調がたいへん好いとか言っても、それはその西洋人の見るところで、私の参考にならんことはないにしても、私にそう思えなければ、とうてい受売《うけうり》をすべきはずのものではないのです。私が独立した一個の日本人であって、決して英国人の奴婢《ぬひ》でない以上はこれくらいの見識は国民の一員として具《そな》えていなければならないうえに、世界に共通な正直という徳義を重んずる点から見ても、私は私の意見を曲げてはならないのです。

しかし私は英文学を専攻する。その本場の批評家のいうところと私の考《かんがえ》と矛盾してはどうも普通の場合気が引けることになる。そこでこうした矛盾がはたしてどこから出るかということを考えなければならなくなる。風俗、人情、習慣、溯《さかのぼ》っては国民の性格皆この矛盾の原因になっているに相違ない。それを、普通の学者は単に文学と科学とを混同して、甲の国民に気に入るものはきっと乙の国民の賞賛を得《う》るに極っている、そうした必然性が含まれていると誤認してかゝる。そこが間違《まちが》っているといわなければならない。たといこの矛盾を融和することが不可能にしても、それを説明することはできるはずだ。そうして単にその説明だけでも日本の文壇には一道の光明を投げ与えることができる。——こう私はその時はじめて悟ったのでした。はなはだ遅蒔《おそまき》の話で慚愧《ざんき》の至《いたり》でありますけれども、事実だから偽らないところを申し上げるのです。

私はそれから文芸に対する自己の立脚地を堅《かた》めるため、堅めるというより新らしく建設するために、文芸[22]とはまったく縁のない書物を読みはじめました。一口でいうと、自己本位という四字をようやく考えて、その自己本位を立証するために、科学的な研究やら哲学的の思索に耽《ふけ》りだしたのであります。今は時勢が違いますから、この辺のことは多少頭のある人にはよく解せられているはずですが、そのころは私が幼稚なうえに、世間がまだそれほど進んでいなかったので、私の遣り方は実際已《やむ》を得なかったのです。

私はこの自己本位という言葉を自分の手に握ってからたいへん強くなりました。彼等何者ぞやと気慨が出ました。今まで茫然《ぼうぜん》と自失していた私に、こゝに立って、この道からこう行かなければならないと指図《さしず》をしてくれたものは実にこの自我本位の四字なのであります。

自白すれば私はその四字から新たに出立したのであります。そうして今のようにたゞ人の尻馬《しりうま》にばかり乗って空《から》騒ぎをしているようではははだ心元《こゝろもと》ないことだから、そう西洋人振《ぶ》らないでも好いという動かすべからざる理由を立派に彼等の前に投げ出してみたら、自分もさぞ愉快だろう、人もさぞ喜ぶだろうと思って、著書その他の手段によって、それを成就するのを私の生涯《しょうがい》の事業としようと考えたのです。

その時私の不安はまったく消えました。私は軽快な心をもって陰鬱《いんうつ》なロンドンを眺めたのです。比喩《ひゆ》で申すと、私は多年のあいだ懊悩《おうのう》した結果ようやく自分の鶴嘴《つるはし》をがちりと鉱脈に掘り当てたような気がしたのです。なお繰り返していうと、今まで霧の中に閉じ込まれたものが、ある角度の方向で、明らかに自分の進んでゆくべき道を教えられたことになるのです。

かく私が啓発された時は、もう留学してから、一年以上経過していたのです。それでとても外国では私の事業を仕上《しあげ》るわけにゆかない、とにかくできるだけ材料を纏めて、本国へ立ち帰った後、立派に始末を付けようという気になりました。すなわち外国へ行った時よりも帰ってきた時のほうが、偶然ながらある力を得たことになるのです。

　ところが帰るやいなや私は衣食のために奔走する義務がさっそく起りました。私は高等学校へも出ました。大学へも出ました。後では金が足りないので、私立学校も一軒稼《かせ》ぎました。[23]そのうえ私は神経衰弱に罹《かゝ》りました。最後に下《くだ》らない創作などを雑誌に載せなければならない仕儀《しぎ》に陥りました。いろ〳〵の事情で、私は私の企てた事業を半途で中止してしまいました。私の著わした文学論[24]はその記念というよりむしろ失敗の亡骸《なきがら》です。しかも畸《き》形児《けいじ》の亡骸です。あるいは立派に建設されないうちに地震で倒された未成市街の廃墟《はいきょ》のようなものです。

　しかしながら自己本位というその時得た私の考は依然としてつゞいています。いや年を経るに従ってだんだん強くなります。著作的事業としては、失敗に終りましたけれども、その時確かに握った自己が主で、他は賓であるという信念は、今日の私に非常の自信と安心を与えてくれました。私はその引続《ひきつゞ》きとして、今日なお生きていられるような心持がします。実はこうした高い壇の上に立って、諸君を相手に講演をするのもやはりその力のお蔭《かげ》かもしれません。

　以上はたゞ私の経験だけをざっとお話したのでありますけれども、そのお話を致した意味はまったく貴方がたの御参考になりはしまいかという老婆《ろうば》心《しん》からなのであります。貴方がたはこれからみんな学校を去って、世の中へお出掛《でかけ》になる。それにはまだだいぶ時間のかかるかたもございましょうし、または追付《おつつ》け実社会に活動なさるかたもあるでしょうが、いずれも私の一度経過した煩悶《はんもん》（たとい種類は違っても）を繰返《くりかえ》しがちなものじゃなかろうかと推察されるのです。私のようにどこか突き抜けたくっても突き抜けるわけにもゆかず、なにか摑《つか》みたくっても薬罐頭《やかんあたま》を摑むようにつるつるして焦燥《じ》れったくなったりする人がたぶんあるだろうと思うのです。もし貴方がたのうちですでに自力で切り開いた道を持っているかたは例外であり、また他《ひと》の後に従って、それで満足して、在来の古い道を進んでゆく人も悪いとは決して申しませんが、（自己に安心と自信がしっかり付随しているならば、）しかしもしそうでないとしたならば、どうしても、ひとつ自分の鶴嘴で掘り当てるところまで進んでゆかなくってはいけないでしょう。行けないというのは、もし掘り中《あ》てることができなかったなら、その人は生涯不愉快で、始終中腰になって世の中にまごまごしていなければならないからです。私のこの点を力説するのはまったくそのためで、なにも私を模範になさいという意味では決してないのです。私のような詰らないものでも、自分で自分が道をつけつゝ進み得たという自覚があれば、あなたがたから見てその道がいかに下らないにせよ、それは貴方がたの批評と観察で、私には寸毫《すんごう》の損害がないのです。私自身はそれで満足するつもりであります。しかし私自身がそれがため、自信と安心を有っているからといって、同じ径路が貴方がたの模範になるとは決して思ってはいないのですから、誤解しては不可《いけ》ません。

それはとにかく、私の経験したような煩悶が貴方がたの場合にもしばしば起るに違いないと私は鑑定しているのですが、どうでしょうか。もしそうだとすると、なにかに打ち当るまで行くということは、学問をする人、教育を受ける人が、生涯の仕事としても、あるいは十年二十年の仕事としても、必要じゃないでしょうか。あゝここにおれの進むべき道があった！　ようやく掘り当てた！　こういう感投詞を心の底から叫び出される時、あなたがたははじめて心を安んずることができるのでしょう。容易に打ち壊《こわ》されない自信が、その叫び声とともにむくむく首を擡《もた》げてくるのではありませんか。すでにその域に達しているかたも多数のうちにはあるかもしれませんが、もし途中で霧か靄《もや》のために懊悩していられるかたがあるならば、どんな犠牲を払っても、あゝここだという掘当《ほりあ》てるところまで行ったら宜《よ》かろうと思うのです。必ずしも国家のためばかりだからというのではありません。またあなたがたの御家族のために申し上げる次第でもありません。貴方がた自身の幸福のために、それが絶対に必要じゃないかと思うから申上《もうしあ》げるのです。もし私の通ったような道を通り過ぎた後なら致し方もないが、もしどこかにこだわりがあるなら、それを踏潰《ふみつぶ》すまで進まなければ駄目《だめ》ですよ。――もっとも進んだってどう進んで好いか解らないのだから、なにかに打《ぶ》つかるところまで行くよりほかに仕方がないのです。私は忠告がましいことを貴方がたに強《し》いる気はまるでありませんが、それが将来貴方がたの幸福の一つになるかもしれないと思うと黙っていられなくなるのです。腹の中の煮え切らない、徹底しない、あゝでもありこうでもあるというような海鼠《なまこ》のような精神を抱《いだ》いてぼんやりしていては、自分が不愉快ではないかしらんと思うからいうのです。不愉快でないと仰《おっ》しゃればそれまでです、またそんな不愉快は通り越していると仰しゃれば、それも結構であります。願《ねが》わくは通り越してありたいと私は祈るのであります。しかしこの私は学校を出て三十以上まで通り越せなかったのです。その苦痛はむろん鈍痛ではありましたが、年々歳々感ずる痛《いたみ》には相違なかったのであります。だからもし私のような病気に罹った人が、もしこのなかにあるならば、どうぞ勇猛にお進みにならんことを希望して已《や》まないのです。もしそこまで行ければ、こゝにおれの尻《しり》を落ちつける場所があったのだという事実を御発見になって、生涯の安心と自信を握ることができるようになると思うから申し上げるのです。

今まで申し上げたことはこの講演の第一編に相当するものですが、私はこれからその第二編に移ろうかと考えます。学習院という学校は社会的地位の好い人がはいる学校のように世間から見做《みな》されております。そうしてそれがおそらく事実なのでしょう。もし私の推察どおりたいした貧民はこゝへ来ないで、むしろ上流社会の子弟ばかりが集まっているとすれば、向後貴方がたに付随してくるもののうちで第一番に挙《あ》げなければならないのは権力であります。換言すると、あなたがたが世間へ出れば、貧民が世の中に立った時よりもよけい権力が使えるということなのです。前申した、仕事をしてなにかに掘り中てるまで進んでゆくということは、つまりあなたがたの幸福のため安心のためには相違ありませんが、なぜそれが幸福と安心とをもたらすかというと、貴方がたの有って生れた個性がそこに打《ぶ》つかってはじめて腰がすわるからでしょう。そうしてそこに尻を落付《おちつ》けて漸々前の方へ進んでゆくとその個性がます〳〵発展してゆくからでしょう。あゝここにおれの安住の地位があったと、あなたがたの仕事とあなたがたの個性が、しっくり合った時に、はじめていい得《う》るのでしょう。

これと同じような意味で、今申し上げた権力というものを吟味してみると、権力とはさっきお話した自分の個性を他人の頭の上にむりやりに圧《お》し付ける道具なのです。道具だと断然いい切ってわるければ、そんな道具に使い得る利器なのです。

権力に次ぐものは金力です。これも貴方がたは貧民よりもよけいに所有しておられるに相違ない。この金力を同じくそうした意味から眺めると、これは個性を拡張するために、他人の上に誘惑の道具として使用し得るしごく重宝《ちょうほう》なものになるのです。

してみると権力と金力とは自分の個性を貧乏人よりよけいに、他人の上に押し被《かぶ》せるとか、または他人をその方面に誘《おび》き寄せるとかいう点において、たいへん便宜な道具だといわなければなりません。こういう力があるから、偉《えら》いようでいて、その実非常に危険なのです。先刻申した個性はおもに学問とか文芸とか趣味とかについて自己の落ち付くべきところまで行ってはじめて発展するようにお話いたしたのですが、実をいうとその応用ははなはだ広いもので、単に学芸だけにはとゞまらないのです。私の知っているある兄弟で、弟のほうは家に引込《ひっこ》んで書物などを読むことが好きなのに引《ひ》き易《か》えて、兄はまた釣道楽《つりどうらく》に憂身《うきみ》をやつしているのがあります。するとこの兄が自分の弟の引込思案《ひっこみじあん》でたゞ家にばかり引籠《ひきこも》っているのを非常に忌まわしいもののように考えるのです。必竟《ひっきょう》は釣をしないからああいうふうに厭世的《えんせいてき》になるのだと合点《がてん》して、むやみに弟を釣に引張《ひっぱ》り出そうとするのです。弟はまたそれが不愉快で堪《たま》らないのだけれども、兄が高圧的に釣竿《つりざお》を担《かつ》がしたり、魚籃《びく》を提《さ》げさせたりして、釣堀《つりぼり》へ随行を命ずるものだから、まあ目を瞑《つむ》って食っ付いていって、気味の悪い鮒《ふな》などを釣っていや〳〵帰ってくるのです。それがために兄の計画どおり弟の性質が直ったかというと、決してそうではない、ます〳〵この釣というものに対して反抗心を起してくるようになります。つまり釣と兄の性質とはぴたりと合ってその間になんの隙間《すきま》もないのでしょうが、それはいわゆる兄の個性で、弟とはまるで交渉がないのです。これはもとより金力の例ではありません、権力の他を威圧する説明になるのです。兄の個性が弟を圧迫してむりに魚を釣らせるのですから。もっともある場合には、――たとえば授業を受ける時とか、兵隊になった時とか、また寄宿舎でも軍隊生活を主位に置くとか――すべてそういった場合には多少この高圧的手段は免《まぬ》かれますまい。しかし私は重に貴方がたが一本立《いっぽんだち》になって世間へ出た時のことをいっていたのだからそのつもりで聴《き》いてくださらなくては困ります。

そこで前申したとおり自分が好いと思ったこと、好きなこと、自分と性の合うこと、さいわいにそこに打《ぶ》つかって自分の個性を発展させてゆくうちには、自他の区別を忘れて、どうかあいつもおれの仲間に引き摺《ず》り込んでやろうという気になる。その時権力があると前いった兄弟のような変な関係ができ上るし、また金力があると、それを振《ふ》り蒔《ま》いて、他《ひと》を自分のようなものに仕立上《したて》げようとする。すなわち金を誘惑の道具として、その誘惑の力で他を自分に気に入るように変化させようとする。どっちにしても非常な危険が起るのです。

それで私は常からこう考えています。第一に貴方がたは自分の個性が発展できるような場所に尻を落ち付けべく、自分とぴたりと合った仕事を発見するまで邁進《まいしん》しなければ一生の不幸であると。しかし自分がそれだけの個性を尊重し得《う》るように、社会から許されるならば、他人に対してもその個性を認めて、彼等の傾向を尊重するのが理の当然になってくるでしょう。それが必要でかつ正しいこととしか私にはみえません。自分は天性右を向いているから、彼奴《あいつ》が左を向いているのは怪《け》しからんというのは不都合じゃないかと思うのです。もっとも複雑な分子の寄ってでき上った善悪とか邪正とかいう問題になると、少々込《こ》み入った解剖の力を借りなければなんとも申されませんが、そうした問題の関係してこない場合もしくは関係しても面倒でない場合には、自分が他《ひと》から自由を享有しているかぎり、他にも同程度の自由を与えて、同等に取り扱わなければならんことと信ずるよりほかに仕方がないのです。近ごろ自我とか自覚とか唱えていくら自分のかってな真似《まね》をしても構わないという符徴に使うようですが、そのなかにははなはだ怪しいのがたくさんあります。彼等は自分の自我をあくまで尊重するようなことをいいながら、他人の自我にいたっては毫も認めていないのです。いやしくも公平の目を具し正義の観念をもつ以上は、自分の幸福のために自分の個性を発展してゆくと同時に、その自由を他にも与えなければ済まんことだと私は信じて疑わないのです。我々は他が自己の幸福のために、己《おの》れの個性をかってに発展するのを、相当の理由なくして妨害してはならないのであります。私はなぜこゝに妨害という字を使うかというと、貴方がたはまさしく妨害し得る地位に将来立つ人が多いからです。貴方がたのうちには権力を用い得る人があり、また金力を用い得る人がたくさんあるからです。

元来をいうなら、義務の付着しておらない権力というものが世の中にあろうはずがないのです。私がこうやって、高い壇の上から貴方がたを見下《みおろ》して、一時間なり二時間なり私の言うことを静粛に聴いていただく権利を保留する以上、私のほうでも貴方がたを静粛にさせるだけの説を述べなければ済まないはずだと思います。よし平凡な講演をするにしても、私の態度なり様子なりが、貴方がたをして礼を正さしむるだけの立派さを有っていなければなら[25]

んはずのものであります。たゞ私はお客である、貴方がたは主人である、だから大人《おとな》しくしなくてはならない、とこういおうとすればいわれないこともないでしょうが、それは上面《うわつら》の礼式にとゞまることで、精神にはなんの関係もないいわば因襲といったようなものですから、てんで議論にはならないのです。別の例を挙げてみますと、貴方がたは教場で時々先生から叱《しか》られることがあるでしょう。しかし叱りっ放《ぱな》しの先生がもし世の中にあるとすれば、その先生はむろん授業をする資格のない人です。叱る代りには骨を折って教えてくれるに極っています。叱る権利をもつ先生はすなわち教える義務をも有っているはずなのですから。先生は規律をたゞすため、秩序を保つために与えられた権利を十分に使うでしょう。その代りその権利と引き離すことのできない義務も尽さなければ、教師の職を勤めおおせるわけにゆきますまい。

　金力についても同じことであります。私の考によると、責任を解しない金力家は、世の中にあってならないものなのです。その訳を一口にお話するとこうなります。金銭というものはしごく重宝なもので、なにへでも自由自在に融通が利《き》く。たとえば今私がこゝで、相場をして十万円儲《もう》けたとすると、その十万円で家屋を立てることもできるし、書籍を買うこともできるし、または花柳社会を賑《にぎ》わすこともできるし、つまりどんな形にでも変ってゆくことができます。そのうちでも人間の精神を買う手段に使用できるのだから恐ろしいではありませんか。すなわちそれを振り蒔いて、人間の徳義心を買い占める、すなわちその人の魂を堕落させる道具とするのです。相場で儲けた金が徳義的倫理的に大きな威力をもって働《はた》らき得るとすれば、どうしても不都合な応用といわなければならないかと思われます。思われるのですけれども、実際そのとおりに金が活動する以上は致し方がない。たゞ金を所有している人が、相当の徳義心をもって、それを道義上害のないように使いこなすよりほかに、人心の腐敗を防ぐ道はなくなってしまうのです。それで私は金力には必ず責任が付いて回らなければならないといいたくなります。自分は今これだけの富《とみ》の所有者であるが、それをこういう方面にこう使えば、こういう結果になるし、あゝいう社会にあゝ用いればあゝいう影響があると呑《の》み込むだけの見識を養成するばかりでなく、その見識に応じて、責任をもってわが富を所置しなければ、世の中に済まないというのです。いな自分自身にも済むまいというのです。

今までの論旨をかい摘《つま》んでみると、第一に自己の個性の発展を仕遂《しと》げようと思うならば、同時に他人の個性も尊重しなければならないということ。第二に自己の所有している権力を使用しようと思うならば、それに付随している義務というものを心得なければならないということ。第三に自己の金力を示そうと願うなら、それに伴う責任を重じなければならないということ。つまりこの三か条に帰着するのであります。

これをほかの言葉でいい直すと、いやしくも倫理的に、ある程度の修養を積んだ人でなければ、個性を発展する価値もなし、権力を使う価値もなし、また金力を使う価値もないということになるのです。それをもう一遍《いっぺん》いい換えると、この三者を自由に享《う》け楽しむためには、その三つのものの背後にあるべき人格の支配を受ける必要が起ってくるというのです。もし人格のないものがむやみに個性を発展しようとすると、他《ひと》を妨害する、権力を用いようとすると、濫用に流れる、金力を使おうとすれば、社会の腐敗をもたらす。ずいぶん危険な現象を呈するに至るのです。そうしてこの三つのものは、貴方がたが将来において最も接近しやすいものであるから、貴方がたはどうしても人格のある立派な人間になっておかなくては不可《いけな》いだろうと思います。

話が少し横へそれますが、御存じのとおりイギリスという国はたいへん自由を尊ぶ国であります。それほど自由を愛する国でありながら、またイギリスほど秩序の調《とゝの》った国はありません。実をいうと私はイギリスを好かないのです。嫌《きら》いではあるが事実だから仕方なしに申し上げます。あれほど自由でそうしてあれほど秩序の行き届いた国はおそらく世界中にないでしょう。日本などはとうてい比較にもなりません。しかし彼等はたゞ自由なのではありません。自分の自由を愛するとともに他の自由を尊敬するように、小供《こども》の時分から社会的教育をちゃんと受けているのです。だから彼等の自由の背後にはきっと義務という観念が伴っています。England expects every man to do his duty(26) といった有名なネルソン(27)の言葉は決して当座限りの意味のものではないのです。彼等の自由と表裏して発達してきた深い根底をもった思想に違《ちが》いないのです。

彼等は不平があるとよく示威運動を遣ります。しかし政府は決して干渉がましいことをしません。黙って放《ほう》っておくのです。その代り示威運動をやるほうでもちゃんと心得ていて、むやみに政府の迷惑になるような乱暴は働かないのです。近来女権拡張論者といったようなものがむやみに狼藉《ろうぜき》をするように新聞などに見えていますが、あれはまあ例外です。例外にしては数が多すぎるといわれればそれまでですが、どうも例外と見るよりほかに仕方がないようです。嫁に行かれないとか、職業が見付からないとか、または昔から養成された、女を尊敬するという気風に付け込むのか、なにしろあれは英国人の平生の態度ではないようです。名画を破る、監獄で絶食して獄丁を困らせる、議会のベンチへ身体《からだ》を縛り付けておいて、わざ〳〵騒々《そうぞう》しく叫び立てる。これは意外の現象ですが、ことによると女はなにをしても男のほうで遠慮するから構わないという意味で遣っているのかも分りません。しかしまあどういう理由にしても変則らしい気がします。一般の英国気質というものは、今お話したとおり義務の観念を離れない程度において自由を愛しているようです。

それで私はなにも英国を手本にするという意味ではないのですけれども、要するに義務心を持っていない自由はほんとうの自由ではないと考えます。というものは、そうした我儘《わがまゝ》な自由は決して社会に存在し得ないからであります。よし存在してもすぐ他から排斥され踏み潰《つぶ》されるにきまっているからです。私は貴方がたが自由にあらんことを切望するものであります。同時に貴方がたが義務というものを納得せられんことを願って已まないのであります。こういう意味において、私は個人主義だと公言して憚《はゞか》らないつもりです。

この個人主義という意味に誤解があっては不可《いけま》せん。ことに貴方がたのようなお若い人に対して誤解を吹き込んでは私が済みませんから、その辺はよく御注意を願っておきます。時間が逼《せま》っているからなるべく単簡に説明いたしますが、個人の自由は先刻お話した個性の発展上きわめて必要なものであって、その個性の発展がまた貴方がたの幸福に非常な関係を及ぼすのだから、どうしても他に影響のないかぎり、僕は左を向く、君は右を向いても差支ないくらいの自由は、自分でも把持し、他人にも付与しなくてはなるまいかと考えられます。それがとりもなおさず私のいう個人主義なのです。金力権力の点においてもそのとおりで、俺《おれ》の好かない奴《やつ》だから畳《たゝ》んでしまえとか、気に喰《く》わない者だから遣っ付けてしまえとか、悪いこともないのに、ただそれ等を濫用したらどうでしょう。人間の個性はそれでまったく破壊されると同時に、人間の不幸もそこから起らなければなりません。たとえば私がなにも不都合を働らかないのに、単に政府に気に入らないからといって、警視総監が巡査に私の家を取り巻かせたらどんなものでしょう。警視総監にそれだけの権力はあるかもしれないが、徳義はそういう権力の使用を彼に許さないのであります。または三井とか岩崎とかいう豪商が、私を嫌《きら》うというだけの意味で、私の家の召使を買収してことごとくに私に反抗させたなら、これまたどんなものでしょう。もし彼等の金力の背後に人格というものが多少でもあるならば、彼等は決してそんな無法を働らく気にはなれないのであります。

こうした弊害はみな道義上の個人主義を理解し得ないから起るので、自分だけを、権力なり金力なりで、一般に推《お》し広めようとする我儘にほかならんのであります。だから個人主義、私のこゝに述べる個人主義というものは、決して俗人の考えているように国家に危険を及ぼすものでもなんでもないので、他の存在を尊敬すると同時に自分の存在を尊敬するというのが私の解釈なのですから、立派な主義だろうと私は考えているのです。

もっと解《わか》りやすくいえば、党派心がなくって理非がある主義なのです。朋党《ほうとう》を結び団隊を作って、権力や金力のために盲動しないということなのです。それだからその裏面には人に知られない淋《さび》しさも潜んでいるのです。すでに党派でない以上、我は我の行くべき道をかってに行くだけで、そうしてこれと同時に、他人の行くべき道を妨げないのだから、ある時ある場合には人間がばら〳〵にならなければなりません。そこが淋しいのです。私がかつて朝日新聞の文芸欄㉘を担任していたころ、だれであったか、三宅雪嶺《みやけせつれい》㉙さんの悪口を書いたことがありました。もちろん人身攻撃ではないので、たゞ批評にすぎないのです。しかもそれがたった二三行あったのです。出たのはいつごろでしたか、私は担任者であったけれども病気をしたからあるいはその病気中かもしれず、または病気中でなくって、私が出して好いと認定したのかもしれません。とにかくその批評が朝日の文芸欄に載ったのです。すると「日本及《および》日本人」(30)の連中が怒《おこ》りました。私のところへ直接には懸《か》け合《あ》わなかったけれども、当時私の下働きをしていた男に取消《とりけし》を申し込んできました。それが本人からではないのです。雪嶺さんの子分——子分というとなんだか博奕打《ばくちうち》のようで可笑《おかし》いが、——まあ同人といったようなものでしょう、どうしても取り消せというのです。それが事実の問題ならもっともですけれども、批評なんだから仕方がないじゃありませんか。私のほうではこちらの自由だというよりほかに途《みち》はないのです。しかもそうした取消を申し込んだ「日本及日本人」の一部は毎号私の悪口を書いている人があるのだからなおのこと人を驚《おど》ろかせるのです。私は直接談判はしませんでしたけれども、その話を間接に聞いた時、変な心持がしました。というのは、私のほうは個人主義で遣っているのに反して、向うは党派主義で活動しているらしく思われたからです。当時私は私の作物をわるく評したものさえ、自分の担任している文芸欄へ載せたくらいですから、彼等のいわゆる同人なるものが、一度に雪嶺さんに対する評語が気に入らないといって怒《おこ》ったのを、驚きもしたし、また変にも感じました。失礼ながら時代後《じだいおく》れだとも思いました。封建時代の人間の団隊のようにも考えました。しかしそう考えた私はついに一種の淋しさを脱却するわけにゆかなかったのです。私の意見の相違はいかに親しい間柄《あいだがら》でも、どうすることもできないと思っていましたから、私の家に出入りをする若い人達《たち》に助言はしても、その人々の意見の発表に抑圧を加えるようなことは、他に重大な理由のないかぎり、決して遣ったことがないのです。私は他《ひと》の存在をそれほどに認めている、すなわち他にそれだけの自由を与えているのです。だから向うの気が進まないのに、いくら私が汚辱を感ずるようなことがあっても、決して助力は頼めないのです。そこが個人主義の淋しさです。個人主義は人を目標として向背を決するまえに、まず理非を明らめて、去就を定めるのだから、ある場合にはたった一人ぼっちになって、淋しい心持がするのです。それはそのはずです。槇雑木《まきざつぽう》でも束になっていれば心丈夫《じようぶ》ですから。

それからもう一つ誤解を防ぐために一言しておきたいのですが、なんだか個人主義というとちょっと国家主義の反対で、それを打ち壊《こわ》すように取られますが、そんな理屈の立たない漫然としたものではないのです。いったい何々主義ということは私のあまり好まないところで、人間がそう一つ主義に片付《かたづ》けられるものではあるまいとは思いますが、説明のためですから、こゝには已《やむ》を得ず、主義という文字の下にいろ〳〵のことを申し上げます。ある人は今の日本はどうしても国家主義でなければ立ち行かないように言い振《ふ》らしまたそう考えています。しかも個人主義なるものを蹂躙《じゅうりん》しなければ国家が亡《ほろ》びるようなことを唱道するものも少なくはありません。けれどもそんな馬鹿気《ばかけ》たはずは決してありようがないのです。事実私どもは国家主義でもあり、世界主義でもあり、同時にまた個人主義でもあるのであります。

個人の幸福の基礎となるべき個人主義は個人の自由がその内容になっているには相違ありませんが、各人の享有するその自由というものは国家の安危に従って、寒暖計のように上ったり下ったりするのです。これは理論というよりもむしろ事実から出る理論といったほうが好いかもしれません、つまり自然の状態がそうなってくるのです。国家が危くなれば個人の自由が挟《せば》められ、国家が泰平の時には個人の自由が膨張してくる、それが当然の話です。いやしくも人格のある以上、それを踏み違えて、国家の亡びるか亡びないかという場合に、疳《かん》違《ちが》い(31)をしてたゞむやみに個性の発展ばかり目懸《めが》けている人はないはずです。私のいう個人主義のうちには、火事が済《す》んでもまだ火事頭巾《かじずきん》が必要だといって、用もないのに窮屈がる人に対する忠告も含まれていると考えてください。また例になりますが、昔私が高等学校にいた時分、ある会を創設したものがありました。その名も主意も詳しいことは忘れてしまいましたが、なにしろそれは国家主義を標榜《ひょうぼう》した八釜《やかま》しい会でした。もちろん悪い会でもなんでもありません。当時の校長の木下広次(32)さんなどはだいぶ肩を入れていた様子でした。その会員はみんな胸にめゝ、だるを下げていました。私はめゝ、だるだけは御免蒙《こうむ》りましたが、それでも会員にはされたのです。むろん発起人でないから、ずいぶん異存もあったのですが、まあ入《はい》っても差支なかろうという主意から入会しました。ところがその発会式が広い講堂で行なわれた時に、なにかの機《はずみ》でしたろう、一人の会員が壇上に立って演説めいたことを遣りました。ところが会員ではあったけれども私の意見にはだいぶ反対のところもあったので、私はそのまえずいぶんその会の主意を攻撃していたように記憶しています。しかるにいよ〳〵発会式となって、今申した男の演説を聴いてみると、まったく私の説の反駁《はんばく》にすぎないのです。故意だか偶然だか解りませんけれどもいきおい私はそれに対して答弁の必要が出てきました。私は仕方なしに、その人のあとから演壇に上りました。当時の私の態度なり行儀なりははなはだ見苦しいものだと思いますが、それでも簡潔に言うことだけは言ってのけました。ではその時なんと言ったかとお尋ねになるかもしれませんが、それはすこぶる簡単なのです。私はこう言いました。――国家はたいせつかもしれないが、そう朝から晩まで国家々々といってあたかも国家に取り付かれたような真似はとうてい我々にできる話でない。常住座臥《ざが》国家のこと以外を考えてならないという人はあるかもしれないが、そう間断なく一つ事を考えている人は事実あり得ない。豆腐屋が豆腐を売ってあるくのは、決して国家のために売って歩くのではない。根本的の主意は自分の衣食の料を得《う》るためである。しかし当人はどうあろうともその結果は社会に必要なものを供するという点において、間接に国家の利益になっているかもしれない。これと同じことで、今日の午《ひる》に私は飯を三杯たべた、晩にはそれを四杯に殖《ふ》やしたというのも必ずしも国家のために増減したのではない。正直にいえば胃の具合で極めたのである。しかしこれ等も間接のまた間接にいえば天下に影響しないとは限らない、いや観方《みかた》によっては世界の大勢にいくぶんか関係していないとも限らない。しかしながら肝心《かんじん》の当人はそんなことを考えて、国家のために飯を食わせられたり、国家のために顔を洗わせられたり、また国家のために便所に行かせられたりしてはたいへんである。国家主義を奨励するのはいくらしても差支ないが、事実できないことをあたかも国家のためにするごとくに装うのは偽りである。——私の答弁はざっとこんなものでありました。

いったい国家というものが危くなれば誰《だれ》だって国家の安否を考えないものは一人もない。国が強く戦争の憂《うれい》が少なく、そうして他から犯される憂がなければないほど、国家的観念は少なくなってしかるべき訳で、その空虚を充たすために個人主義がはいってくるのは理の当然と申すよりほかに仕方がないのです。今の日本はそれほど安泰でもないでしょう。貧乏であるうえに、国が小さい。したがっていつどんなことが起ってくるかもしれない。そういう意味からみて吾々《われわれ》は国家のことを考えていなければならんのです。けれどもその日本が今が今潰れるとか滅亡の憂目《うきめ》にあうとかいう国柄《くにがら》でない以上は、そう国家々々と騒ぎ回る必要はないはずです。火事の起らないさきに火事装束をつけて窮屈な思いをしながら、町内中駈け歩くのと一般㉝であります。必竟《ひっきょう》ずるにこういうことは実際程度問題で、いよ〳〵戦争が起った時とか、危急存亡の場合とかになれば、考えられる頭の人、――考えなくてはいられない人格の修養の積んだ人は、しぜんそちらへ向いてゆくわけで、個人の自由を束縛し個人の活動を切り詰めても、国家のために尽すようになるのは天然自然といっていいくらいなものです。だからこの二つの主義はいつでも矛盾して、いつでも撲殺《ぼくさつ》し合うなどというような厄介なものでは万々ないと私は信じているのです。この点についても、もっと詳しく申し上げたいのですけれども時間がないからこのくらいにして切り上げておきます。たゞもう一つ御注意までに申し上げておきたいのは、国家的道徳というものは個人的道徳に比べると、ずっと段の低いもののようにみえることです。元来国と国とは辞令はいくら八釜しくっても、徳義心はそんなにありゃしません。詐欺《さぎ》をやる、誤魔化《ごまか》しをやる、ペテンに掛ける、めちゃくちゃなものであります。だから国家を標準とする以上、国家を一団と見る以上、よほど低級な道徳に甘んじて平気でいなければならないのに、個人主義の基礎から考えると、それがたいへん高くなってくるのですから考えなければなりません。だから国家の平穏な時には、徳義心の高い個人主義にやはり重きを置くほうが、私にはどうしても当然のように思われます。その辺は時間がないから今日はそれより以上申上げるわけにまいりません。

私はせっかくの御招待だから今日まかり出て、できるだけ個人の生涯を送らるべき貴方がたに個人主義の必要を説きました。これは貴方がたが世の中へ出られた後、いくぶんか御参考になるだろうと思うからであります。はたして私のいうことが、あなたがたに通じたかどうか、私には分りませんが、もし私の意味に不明のところがあるとすれば、それは私の言い方が足りないか、または悪いかだろうと思います。で私のいうところに、もし曖昧《あいまい》の点があるなら、好い加減に極めないで、私の宅《うち》までお出《い》でください。できるだけはいつでも説明するつもりでありますから。またそうした手数を尽さないでも、私の本意が十分御会得になったなら、私の満足はこれに越したことはありません。あまり時間が長くなりますからこれで御免を蒙《こうむ》ります。（大正三年十一月二十五日学習院輔仁会(34)において述）

（大正四・三・二二『輔仁会雑誌』）

（1）学習院　華族・皇族の青少年教育機関として明治十年（1877）に創設された私立学校。現在の学習院大学の前身。
（2）岡田さん　岡田正之。このとき学習院教授で弁論部の部長であった。
（3）昔あるお大名が……　落語「秋刀魚の殿様」に語られるもの。

(4) 目黒《めぐろ》　東京都目黒区地方。

(5) 大牢《たいろう》　すばらしいごちそう。

(6) 大森教授　大森金五郎。明治二十七年（1894）東京帝国大学国史科卒業。漱石より一年後輩にあたる。このとき学習院教授。

(7) 高等学校　第一高等学校をさす。

(8) 高等師範　以前、師範学校・中学校・高等女学校の教員を養成するために設けられていた学校。

(9) 京都の理科大学　京都大学理学部の前身。

(10) 久原さん　久原躬弦（安政二年―大正八年、1855―1919）。理学博士。第一高等学校長・京都帝国大学総長などを歴任。

(11) 嘉納治五郎《かのうじごろう》さん　嘉納治五郎（万延元年―昭和十三年、1860―1938）。東京高等師範学校長。柔道家。教育家。講道館の創設者として有名。

(12) 一年の後私は……　漱石は、明治二十八年（1895）四月、一年半ほど務めた東京高等師範学校英語教授嘱託を辞して、愛媛県松山中学校に赴任した。

(13) 知事　戦前は中学校教員の任免権は各府県の知事にあった。

(14) 今度は熊本の高等学校に……　明治二十九年（1896）四月、熊本第五高等学校に赴任している。

(15)命令どおり英国へ……　明治三十三年（1900）九月のことである。

(16)ジクソン　James Main Dixon（1856—1933）。イギリスの語学者。明治十九年（1886）来日、同二十五年（1892）まで東京帝国大学で英語・英文学を講義した。

(17)フォリオ　folio（英）。二つ折り形。シェークスピアの戯曲の初期の版本の形式。

(18)盲目《めくら》の垣覗《かきのぞ》き　見ても見えない、という意味から、なんにもならないことのたとえ。

(19)ベルグソン　Henri Louis Bergson（1859—1941）。フランスの哲学者。野村隈畔著「ベルグソンと現代思潮」（大正三年〈1914〉五月刊）など、当時さかんに紹介された。

(20)オイケン　Rudolf Eucken（1846—1926）。ドイツの哲学者。徳富蘇峰監修「オイケン」（大正三年〈1914〉九月刊）など、当時、さかんに紹介された。

(21)比々《ひひ》　どれもこれも。

(22)文芸とはまったく縁のない書物を……　明治三十四年（1901）九月二十二日夏目鏡子あての書簡参照。「近ごろは文学者は嫌になり候。科学上の書物を読みをり候。」としたためている。

(23)私は高等学校へも……　漱石は明治三十六年（1903）一月イギリス留学から帰国後、第一高等学校・東京帝国大学・明治大学の英文学講師となった。

(24)文学論　イギリス留学中に構想し、東京帝国大学で講義した「文学論」のことで、明治四十年（1907）五月出版された。

(25)礼を正さしむる　「えりを正さしむる」と同じ。

(26) **England expects……**　ネルソンがトラファルガル海戦のさいに兵士を激励するために発したといわれることば。

(27) **ネルソン**　Horatio Nelson（1758—1805)。イギリスの艦隊総司令官。一八〇五年、フランス・イスパニヤ連合艦隊をジブラルタル海峡入口のトラファルガル岬の沖で撃滅し、ナポレオンの野望をくじいたがこの海戦で戦死した。

(28) **朝日新聞の文芸欄**　明治四十二年（1909）十一月二十五日から四十四年十月まで、東京朝日新聞に続けられた漱石主宰担当の文芸欄。

(29) **三宅雪嶺《みやけせつれい》さん**　三宅雄二郎（万延元年—昭和二十年、1860—1945)。評論家。明治十六年（1883）東京大学哲学科卒業。当時「日本及日本人」の主宰者であった。

(30) **「日本及日本人」**　評論雑誌。政教社（三宅雪嶺・志賀重昂らにより明治二十一年（1888）設立された思想団体）の機関誌「日本人」の後身で、明治四十年（1907）一月創刊。大正期以後雪嶺が主宰し、その個人雑誌の観があった。

(31) **疳違《かんちが》い**　ふつう「勘違い」と書く。

(32) **木下広次さん**　嘉永四年—明治四十三年（1851—1910)。法学博士。第一高等学校長を経て、明治三十年（1897）京都帝国大学初代総長となった。

(33) **一般**　同様。

(34) **輔仁会**　学習院の校友会の名称。

五　イデオロギーを超える――「私の個人主義」（一九一四・一一・二五）

（小森陽一）

第一次大戦中の講演

「私の個人主義」は、一九一四（大正三）年一一月二五日に、学習院輔仁会《ほじんかい》において行われた講演である。国家権力の中枢とかかわる親を持つ学生が通う、学習院関係者を聴衆として、大日本帝国が第一次世界大戦に参戦しているただ中で行われた講演であった。

漱石が『心／「先生の遺書」』を「朝日新聞」に連載していた一九一四年六月二八日、オーストリア皇太子フランツ・フェルディナンド公夫妻が、ボスニア＝ヘルツェゴヴィナ共和国の首都サラエヴォで暗殺される。暗殺者は、大セルビア主義秘密結社組織の一員であるガヴリロ・プリンチプという青年だった。

責任を回避しつづけたセルビア政府に対して、オーストリア＝ハンガリー政府は七月二三日に最後通牒《つうちょう》を突きつけ、二八日に宣戦布告をした。ドイツはオーストリアを、ロシアはセルビアを支持して参戦。ロシアと三国協商を結んでいたイギリスとフランスは、ドイツに対抗して参戦した。戦争は全ヨーロッパに拡大する。

イギリスと日英同盟を結んでいた大日本帝国は、八月二三日にドイツに宣戦布告し、二八日に参戦。九月には山東《さんとう》省に出兵し、中国膠州湾《こうしゅうわん》にあるドイツ租借地青島《チンタオ》とドイツ領南洋諸島を占領した。

大日本帝国の参戦を主導した者たちの子弟を教育する教育機関の会合で、あえて講演することを選んだ緊張が、一言ひとことの背後に組み込まれていることを意識すべきである。

「私」という一個人の生まれ方

「私の個人主義」では、漱石自身が「第一編」と「第二編」とに分けて話を進めている。「第一編」はロンドン留学体験を踏まえた、「他人本位」から「自己本位」への転換を実現した過程、「第二編」は「権力」や「国家」による支配と「個人」の「自由」をめぐる厳しい力関係の話である。

八年前の一九〇六（明治三十九）年の同じ一一月に書いた『文学論』の「序」を想い起こ

すかのように、漱石は「自己本位」という四文字を貫いて生きていく決意を固めるに至る過程を辿《たど》っていく。

自分は大学で「英文学」を「三年専攻」したが、「英文学」はもとより「文学とはどういうものだか」全くわからないまま卒業した、と漱石は言う。「松山」で中学校の教師となり、「熊本へ引越《ひっこ》し」高等学校の教師になったが、「文学は解らずじまい」であった。その後ロンドンに「留学」したものの、「いくら書物を読んでも」「なんのために書物を読むのか自分でもその意味が解《わか》らなくなって」しまったと漱石は述懐する。

そしてこの「留学」時に、漱石は「今まではまったく他人本位」であったことに気づいたと言う。「他人本位」とは、「人真似《ひとまね》」のことであり、「西洋人のいうこと」に「盲従」し、「西洋人の作物を評したのを」「その評の当否」を「考えずに」「むやみにその評を触れ散らかす」ことで満足していることである。この「他人本位」から脱却し、「西洋人」の「人真似《ひとまね》」をせず、自らの内発性に基づくところの「自己本位」に立たなければならないと漱石は言う。

たとえば西洋人がこれは立派な詩だとか、口調がたいへん好いとか言っても、それはその西洋人の見るところで、私の参考にならんことはないにしても、私にそう思えなければ、とうてい受売《うけうり》をすべきはずのものではないのです。私が独立した一個の日本人であって、決して英国人の奴婢《ぬひ》でない以上はこれくらいの見識は国民の一員として具《そな》えていなければならないうえに、世界に共通な正直という徳義を重んずる点から見ても、私は私の意見を曲げてはならないのです。

対立の第一の軸は「西洋人」に対する東洋人としての「私」である。第二の軸は「英国人」に対する「日本人」。これは国家と「国民」の位相における違いである。対等な日英同盟を結んでいる以上「奴婢《ぬひ》」ではないことは明らかである。そして「世界に共通な正直という徳義」となった瞬間に、東洋人でも「日本人」でもない、「私」という一個人が析出されることになる。

ナショナリズムの単純化を拒む

一つの文学的表現が「立派」かどうか、「口調がたいへん好い」かどうかという判断は、一定の文明圏や文化圏はもとより、国家にもとらわれることのない、好きか嫌いか、美しいと感じるか感じないか、心を動かされるのか動かされないのかという、「私」という一個人の趣味判断ないしは美的判断として行われるのだ。

「自己本位」の芸術としての「文学」における趣味判断ないしは差別的判断は、「科学」における合理的判断とは、全く質を異にすることを、『文学論』においても漱石は、理論的に解明していた。

「私の個人主義」でも「科学」と「文学」の違いを強調している。

しかし私は英文学を専攻する。その本場の批評家のいうところと私の考《かんがえ》と矛盾してはどうも普通の場合気が引けることになる。そこでこうした矛盾がはたしてどこから出るかということを考えなければならなくなる。風俗、人情、習慣、溯《さかのぼ》っては国民の性格皆この矛盾の原因になっているに相違ない。それを、普通の学者は単に文学と科学とを混同して、甲の国民に気に入るものはきっと乙の国民の賞賛を得《う》るに極っている、そうした必然性が含まれていると誤認してかゝる。そこが間違《まちが》っているといわなければならない。

きっぱりと自分は「英国人の奴婢《ぬひ》でない」と主張していた漱石は、そのままであれば「英国人」と「日本人」との文化ナショナリズムの対立となり、歪《ゆが》んだ国粋主義になりかねないところを、「世界に共通な正直」というインターナショナルかつ、ワールドワイドで普遍的な価値を持ち出し、「私は私の意見を曲げてはならない」と、単独性における価値判断を強調した。そのうえで個別、「私」の専攻は「英文学」だと規定したうえで、「本場」イギリスの「批評家」と、「私の考《かんがえ》と矛盾」した場合にどうするのか、という問いを立てている。

ここで再び「国民の性格」というナショナリスティックな概念が登場させられるが、その前に「風俗、人情、習慣」という同じ「国民」の中でも、都市と農漁山村といった一国の中における地域性によっても、あるいは時代によっても異なる領域を位置づけておくことによって、ナショナリズムへの単純化を拒んでいる。

他者の「個性」を抑圧するなという警告

「私の個人主義」の「第二編」で漱石は、すべてを「国家のため」に捧《ささ》げなければならないと主張する偏狭な「国家主義」をまず批判する。そして「道徳」の側から考えると、「国家的道徳というものは個人的道徳に比べると、ずっと段の低いもの」なのだから、「徳義心の高い個人主義にやはり重きを置く」べきだと主張している。

漱石の「個人主義」の「徳義心」の中心にあるのは、「自分がそれだけの個性を尊重し得《う》るように、社会から許されるならば、他人に対してもその個性を認めて、彼等の傾向を尊重するのが理の当然」という、他者の「個性」「尊重」論である。

ここに漱石の「自己本位」に基づく「個人主義」が、利己主義や自己中心主義とは全く異なる、「自分」と「他人」とに、同等の自由を認めることによる「個性」「尊重」論であることが明確になる。

「権力」と「金力」を他より多く保持する学習院関係者は、他者の「個性」を抑圧しないよう、十分注意しなければならないと漱石は警告する。

「自分が他《ひと》から自由を享有しているかぎり、他にも同程度の自由を与えて、同等に取り扱わなければならん」と漱石は言い切っている。

いやしくも公平の目を具し正義の観念をもつ以上は、自分の幸福のために自分の個性を発展してゆくと同時に、その自由を他にも与えなければ済まんことだと私は信じて疑わないのです。我々は他が自己の幸福のために、己《おの》れの個性をかってに発展するのを、相当の理由なくして妨害してはならないのであります。私はなぜこゝに妨害という字を使うかというと、貴方がたはまさしく妨害し得る地位に将来立つ人が多いからです。貴方がたのうちには権力を用い得る人があり、また金力を用い得る人がたくさんあるからです。

この講演は一般論ではなく、学習院輔仁会の聴衆を相手にしている。学習院は、一八八四年の華族令に基づく華族就学規則で、男子の華族子弟に入学が義務づけられた教育機関である。

華族は公・侯・伯・子・男の五爵に分けられ、一八八九年の貴族院会で、三〇歳以上の公と侯は全部、他は互選で貴族院議員になる特権を有していたのである。聴衆は生まれながらにして「権力」と「金力」を「用い得る人」たちなのだ。その意味では、講演者である漱石夏目金之助とも決定的に異なる地位にある。

だからあえて「妨害」という「字」を使ったのだ。「貴方」たちは他人を「妨害し得る地位」にある、だから「妨害」される側として「私」は「自分の幸福のために自分の個性を発展」させていく「自由」を「他にも与えなければ済まん」と強調しているのである。

人種差別主義も偏狭な自己中心主義も乗り越える

「私の個人主義」の「第一編」の「私」と「第二編」の「私」は、明らかに非対称である。「第一編」の「私」は、帝国大学で、卒業後は英語教師として、そして留学先の「倫敦」で「文学」とは何かを「根本」から問いつづけ、「自己本位」という位置を獲得し、そこから何がすぐれた文学表現なのかを、美的判断あるいは趣味判断において確定する、個別性（インディヴィデュアリティ）と単独性（シンギュラリティ）を生き抜く「自己」である。「第二編」の「私」は、「権力」と「金力」を有する聴衆と対峙《たいじ》し、「個人主義」を危険思想のように囲い込むイデオロギーを批判する論争的「自己」である。同時に「権力」と「金力」の行使によって、それらを持たない者らへの抑圧をしないように注意し、「自分の個性を発展」させていく「自由」を「他」にも「与え」よと要求する、対等な社会的関係性を結び合わせていく「自己」でもある。

この「第一編」と「第二編」の「自己」を重ねたとき、美的判断や趣味判断を行う自らの「個性」とは、他者のそれと同等であり、「自己」の「個性」と他者のそれとは同一の価値基準による比較や測定が不可能な、絶対的な差異の関係に置かれていることが明確になる。漱石の「自己本位」は、帝国主義的覇権主義や人種差別主義から偏狭な自己中心主義をも批判する認識と判断と実践の拠点なのである。

あとがきにかえて――漱石の抵抗と私の運動

（小森陽一）

日本近代文学者として、「九条の会」事務局長として

雑誌『漱石研究』（石原千秋氏との共同編集、翰林書房刊）を終刊にした二〇〇五年は、漱石夏目金之助が、小説を世に発表しはじめて、ちょうど百年目の年であった。一九〇五年一月に、『吾輩は猫である』（「ホトトギス」）、『倫敦塔』（「帝国文学」）、『カーライル博物館』（「学燈」）三作を同時に発表している。

前年の六月十日に、井上《いのうえ》ひさし、梅原猛《うめはらたけし》、大江健三郎《おおえけんざぶろう》、小田実《おだまこと》、奥平康弘《おくだいらやすひろ》、加藤周一《かとうしゅういち》、澤《さわ》地久枝《ちひさえ》、鶴見俊輔《つるみしゅんすけ》、三木睦子《みきむつこ》氏の九氏がアピールを発して、「九条の会」を結成した。行き掛り上、私が事務局長を担うことになり、雑誌編集の任を負えなくなったことが、終刊の一

つの理由でもあった。

この年、小泉純一郎《こいずみじゅんいちろう》政権は国の全体が戦場であるイラクの、ここだけは「非戦闘地域」だと首相が強弁したサマワに陸上自衛隊を派遣し、後に航空自衛隊はクウェートとバグダッドの間で輸送活動を行っていた。

湾岸戦争（一九九一年）以降打ち込まれた劣化ウラン弾で被曝《ひばく》したイラクの子どもたちに、日本の医療を提供しようと活動していた高遠菜穂子《たかとおなほこ》さん、彼女の活動を学ぼうとした今井紀明《いまいのりあき》さん、イラクの子どもたちと二人のかかわりを写真に撮ろうとして同行した郡山総一郎《こおりやまそういちろう》さんの三人が、四月に武装勢力の人質とされた。小泉政権は「自己責任」だと言い放ち、三人へのバッシングが一気に広がっていた。私は日本社会の変質を痛感した。

毎年行われる「読売新聞」の憲法世論調査の結果はこの年（四月）、憲法を変えた方がいいと答えた人が六五パーセント、変えない方がいいは二二パーセントでしかなかった。こうした状況の中で結成された「九条の会」は、呼びかけ人が分担して、全国主要都市で「九条の会講演会」を開催していった。

もうこれ以上憲法九条の破壊を許してはならないという、止むに止まれぬ思いと、日本を「戦争をする国」にしてはならないという危機感の中での「九条の会」活動の始まりであった。

「九条の会」講演会は、どこも会場定員をはるかに上回る人々であふれかえった。日本を「戦争をする国」にしてはならないという強い危機意識が、講演会に集った人々に共有されていた。全国各地の「九条の会」の賛同人を中心として、地域、職場、学園に、多種多様な「九条の会」が自然発生的に結成されていった。こうした各地の「九条の会」から、事務局長として話をしてもらいたいという依頼が来るようになった。

日本近代文学研究者である私が、なぜ「九条の会」事務局長としての活動をしているのか。それを一番わかりやすく伝えることができるのが、漱石夏目金之助の、百年前からの文学的実践を紹介することであった。

『吾輩は猫である』第六章の意味

「九条の会」結成の百年前の一九〇四年、大日本帝国は日露戦争に突入していた。日英同盟を一九〇二年に結ぶことによって、軍事力で争って植民地を獲得する、帝国主義国家の仲間入りをしたのであった。

一九〇四年二月一〇日に宣戦布告が行われた日露戦争は、八月末からの遼陽《りょうよう》会戦で勝利したものの決着はつかなかった。二万三五〇〇名の死傷者を出したため、九月二八日に徴兵令が改訂され、後備役の服役年数が五年延長され、この後の補充兵の平均年齢は三十二歳まであがってしまう。

司令官乃木希典《のぎまれすけ》による八月二一日からの旅順《りよじゆん》総攻撃は、損害だけが多く、ようやく一二月五日に二〇三高地を占領する。この頃、漱石夏目金之助は『吾輩は猫である』の第一回分を書き上げ、「ホトトギス」への掲載が高浜虚子《たかはまきよし》との間で決められていき、その後『倫敦塔』の執筆に入る。一二月二一日に『倫敦塔』を脱稿し、『カーライル博物館』の執筆に入り、下旬に脱稿したと荒正人《あらまさひと》は推定している(『漱石文学全集別巻　漱石研究年表』集英社、一九七四年)。

驚異的な筆力である。日英同盟を結んだゆえの日露戦争への突入と、戦場での多くの死者たち。大日本帝国と大英帝国の在り方を根源から考える三つの異なる小説を書くことで、漱石は戦争に対峙《たいじ》した、と私は考えていた。

一九〇五年一月一日、旅順開城。この日付で『吾輩は猫である』を掲載した「ホトトギス」は発行されている。

百年後の日米同盟下の日本はどうか。

全国各地に一斉に「九条の会」が結成され、その数が三〇〇〇に達していく中、アーミテージ国務副長官をはじめとする、アメリカのジャパン・ハンドラーズから九条二項の改変を強く要求された小泉政権は、「郵政民営化選挙」に打って出た。テレビ報道を操作した劇場型選挙で自民党は二九六議席を獲得した。公明党をあわせると明文改憲に必要な三分の二を超えている。

二〇〇五年一〇月二八日、小泉自民党は「自民党新憲法草案」を発表した。九条二項を削除し、「自衛隊を保持する」と明記した。いよいよ九条二項をめぐる真っ向対決となる覚悟を私は決めていた。こうした状況の中で読み直していたのが『吾輩は猫である』の第六章。発表されたのは、百年前の「ホトトギス」一九〇五年一〇月号であった。

ここで漱石は、自分の書いた『一夜』（「中央公論」一九〇五年九月）という小説の作者として「送籍《そうせき》」という人物を登場させている。漱石夏目金之助は、幼少時に夏目家の戸籍から塩原家に、さらに長兄次兄がつづけて結核で死に、すぐ上の兄まで発病した青年期に塩原家から夏目家に「送籍」している。それだけではない、一八九二（明治二五）年四月五日には、「北海道後志国岩内郡吹上町十七番地浅岡仁三郎方」に「送籍」している。

一八八九（明治二二）年に徴兵制度が変更され、大学生の徴兵猶予が二六歳までとなった。漱石夏目金之助は、この徴兵猶予の期限が来る直前に、北海道に「送籍」をしたことになる。「屯田兵」制度のような軍事開拓制度があったため、北海道には徴兵制度が適用されていなかった。日清《にっしん》戦争の直前に北海道に戸籍を移すということは、徴兵を忌避することにほかならない。

しかし日清戦争後の一八九八（明治三一）年、全道に徴兵令が施行された。日露戦争では北海道から徴兵された多くの兵士たち、アイヌの人々も含めた兵士たちが戦場で命を落としているのである。

『一夜』と『吾輩は猫である』第六章の間に、その日露戦争を終結させるポーツマス講和条約が一九〇五（明治三八）年九月五日に結ばれている。日本においては、戦争賠償金なしの講和条約に反対する、戦場に行っていない男たちによって「日露講和条約反対国民大会」が、警視庁の禁止を押し切って日比谷《ひびや》公園で強行された。男たちは国民新聞社、外務省、内相官邸を襲い、警察関係施設を焼き払った。

小泉政権による「郵政民営化」劇場選挙の百年前に発生していたのが、いわゆる「日比谷焼打事件」。翌九月六日から一一月二九日まで、大日本帝国は戒厳令体制に置かれた。こうした緊迫した状況の中で、『吾輩は猫である』の第六章は執筆されていた。

「送籍」という駄洒落《だじゃれ》で自分を登場させた直後、漱石は苦沙弥《くしゃみ》先生に「大和魂」という短文を読み上げさせている。「東郷大将が大和魂を有《も》っている。肴屋《さかなや》の銀《ぎん》さんも大和魂を有っている。詐欺師《さぎし》、山師《やまし》、人殺しも大和魂を有っている」という一文では、「大和魂」に象徴される戦時ナショナリズムの非論理性と倒錯が、正確に暴露されている。大日本帝国臣民であれば、誰もが「大和魂」を持っているのであれば、「東郷大将」はもとより、「人殺し」をはじめとする、あらゆる日本人犯罪者も持っているのである。そして「東郷大将」をはじめとする軍人たちは、皆例外なく「人殺し」であるということに思いいたらせてしまう言葉を、漱石は苦沙弥に発話させていたのである。

憐むべき文明の国民

「送籍」という一言で、漱石は帝国主義の時代に対峙しようとしていた。多くの有権者が小泉劇場に巻き込まれていった選挙結果とその後の政治状況の展開の中で、再び日本を「戦争をする国」にしてはならないと自分に言い聴かせながら、百年前の漱石の小説の言葉と共に、私は全国の「九条の会」の講演に、足を運び続けていった。

小泉政権を引き継いだ、第一次安倍晋三《あべしんぞう》政権が成立したのが二〇〇六年九月二六日。自らの任期中に明文改憲をするために、改憲手続き法としての国民投票法の成立と、それに先立って戦後レジームから脱却するために、一九四七年の「教育基本法」の改悪を掲げたのであった。

百年前の一九〇六年九月号の雑誌「新小説」に漱石は『草枕』を発表している。那古井《なこい》という温泉を訪れた画工が、日露戦争の最終段階で満州に出征する兵士を、汽車の「停車場《ステーション》」で見送るときの思いは、次のように記されていた。

汽車ほど個性を軽蔑《けいべつ》したものはない。文明はあらゆるかぎりの手段をつくして、個性を発達せしめたる後、あらゆるかぎりの方法によってこの個性を踏み付けようとする。一人前《ひとりまえ》何坪何合かの地面を与えて、この地面のうちでは寐るとも起きるともかってにせよというのが現今の文明である。同時にこの何坪何合の周囲に鉄柵《てつさく》を設けて、これよりさきへは一歩も出てはならぬぞと威嚇《おど》かすのが現今の文明である。何坪何合のうちで自由を擅《ほしいまゝ》にしたものが、この鉄柵外にも自由を擅にしたくなるのは自然の勢《いきおい》である。憐《あわれ》むべき文明の国民は日夜にこの鉄柵に嚙《か》み付いて咆哮《ほうこう》している。

一八世紀末の近代国民国家の成立と「汽車」に象徴される、一九世紀以後の近代産業資本主義とが結合する形で、蒸気船で世界を征服する帝国主義戦争の時代が到来したのだ。近代国民国家における土地の私有制が「一人前《ひとりまえ》何坪何合かの地面を与えて」ということであれば、「鉄柵《てつさく》」は国境となるが、一度軍事力を使って「自由を擅《ほしいまゝ》にしたもの」は、また同じことをする。それが帝国主義段階における「文明の国民」の「憐《あわれ》むべき」状況なのであった。

二〇〇六年「九条の会」は全国四八〇〇となったが、この力では「教育基本法」の改悪を阻止することは出来ず、一二月一五日改悪案が強行採決されてしまう。明けて二〇〇七年四月、国会では国民投票法の審議が行われていた。しかし「読売新聞」の世論調査は、三年続けて憲法を変えない方がいいという人が増えつづけ、変えた方がいいという人の数に近づきつつあるという結果であった。最大野党民主党の小沢一郎《おざわいちろう》代表は、安倍晋三政権の下での改憲には協力しないと表明し、五月一四日（私の誕生日でもある）に国民投票法が強行採決された。

すべて数の力で押し切る第一次安倍政権に対して七月の参議院選挙で有権者は「ノー」を突きつけた。民主党をはじめとする野党が多数派となり、九月一二日に健康の問題を理由に安倍首相は辞任し、福田康夫《ふくだやすお》政権に交代する。二〇〇八年四月の「読売新聞」の憲法世論調査で、一五年ぶりに憲法を変えない方がいいという人が多数派になり、今も拮抗を続けている。

「自己本位」は帝国主義に抵抗しつづける

本書に収録されている講演、「現代日本の開化」が行われて百年目となる二〇一一年二月一九日に、私は「９条ネットわかやま」から「新『現代日本の開化』と憲法９条」という題名の講演依頼を受けた。そして七月三〇日に、百年前の八月一五日、漱石が講演を行った場所の近くで話をさせていただいた。和歌山の地元の人たちは、しっかりと「私の個人主義」

百周年を企画してくれていたのである。講演依頼から二〇日後に「三・一一」となる。「三・一一」前から「現代日本の開化」を読み直しはじめていた私は、「三・一一」後にこの講演の「結論」として提示された、「どうも日本人は気の毒といわんか憐《あわ》れといわんか、まことに言語道断の窮状に陥ったものであります」という一文が、頭の中で鳴り響き続けるようになってしまった。

「三・一一」の百年前の一九一一年には、ラザフォードの原子模型が発表されていた。原子の中心に正電荷を帯びた原子核があり、そこに質量の大部分が集中し、負電荷をもった電子が回っているという、太陽系に似た模型であった。この模型が前提となり、原子核に中性子をぶつけて核分裂を発生させるという、「三・一一」の福島第一原発事故を引き起こす技術が発明されたのだ。

ビキニ海域でアメリカの水爆実験で被曝した「第五福竜丸」の乗組員だった大石又七《おおいしまたしち》氏は、百年後、『矛盾――ビキニ事件、平和運動の原点』（武蔵野書房、二〇一一年）の「おわりに」で、怒りを表明した。「わずかここ一〇〇年、人間は自然に逆らい続けている。／原子核を探し出したといってノーベル賞を貰い喜んでいるが、それが核爆弾になり、人類は底知れぬ恐怖におびえているのだ。その失敗を隠そうと今度は原子力発電を核の平和利用と謳って全面に出した。／だが、平和どころかその原発が今、牙をむいている。利便さも人を堕落に追い込んでいると思う」。

「現代日本の開化」で漱石が、「消極的」「開化」と位置づけた「西洋の開化」の成果としての「汽車汽船」「電信電話自動車」が、「横着心《おうちゃくしん》の発達した便法だ」という認識は、百年の歴史の重さにおいて、改めて問題を提起している。交通交信手段の技術は、帝国主義戦争を遂行する軍事技術とそのまま重なっている。百年間のすべての戦争は、殆《ほとん》どすべて、「横着心《おうちゃくしん》の発達した便法」を動かすための化石エネルギーの争奪にかかわっていた。百年前に存在していなかったのは、核エネルギーを使う技術と核兵器だけだ。

この文章を書いている時点から百年前の一九一六年の年頭、漱石夏目金之助は、「点頭録」という文章を「東京朝日新聞」に発表している。その中で「今度の欧州戦争」、すなわち第一次世界大戦について、「個人の自由を破壊し去る」と言い切っている。

自分は軍国主義を標榜《ひょうぼう》するドイツが、どのくらいの程度において連合国を打ち破り得《う》るか、またどれほど根強くそれらに抵抗し得るかを興味に充《み》ちた目で見詰《みつ》めるよりは、はるかにより鋭い神経を働かせつゝ、ドイツによって代表された軍国主義が、多年英仏において培養された個人の自由を破壊し去るだろうかを観望しているのである。

「軍国主義」を象徴するのは漱石によれば「強制徴兵」の制度だ。「個人の自由」を何より尊重するイギリスでは、「強制徴兵に対する嫌悪の情」が共有されていた。しかし、一九一六年一月、イギリス議会を「強制徴兵案」が通過してしまったのだ。これこそ「ドイツが真《ま》向《こう》に振り翳《かざ》している軍国主義の勝利」であり、「英国は精神的にもうドイツに負けた」と漱石は断定している。漱石夏目金之助は「送籍」することで、「強制徴兵」制に抵抗したのであった。

二年前の「私の個人主義」の中で、漱石は「イギリス」を「たいへん自由を尊ぶ国」だとして、「自分の自由を愛するとともに他の自由を尊敬するように、小供《こども》の時分から社会的教育をちゃんと受けているのです」と述べたうえで、すぐイギリス人は「不平があるとよく示威運動を遣ります」と述べ、「政府は決して干渉がましいことをしません」とつづけている。「示威運動」とはデモンストレーション、いわゆるデモである。百年後の二〇一四年四月八日、日比谷野外音楽堂の集会で大江健三郎さんが、この漱石の言葉を紹介し、第二次安倍晋三政権の改憲暴走にデモをしつづけて対抗しようと呼びかけた。それに応じるかのように、「二〇一五年安保闘争」に多くの人々が立ち上がったのである。

百年前の漱石夏目金之助の認識は、二一世紀のこの国において、改めて現実的な方向性を示している。

「個人の自由」を最も大切にする「自己本位」は、他者の自由も尊重するがゆえに、戦争と「軍国主義」、なにより「強制徴兵」に抵抗するのである。

二〇一六年三月末日

小森　陽一

本書掲載の夏目漱石作品は、それぞれ下記を底本としました。「道楽と職業」「現代日本の開化」「中味と形式」「文芸と道徳」は、『夏目漱石全集　第九巻』（江藤淳、吉田精一編　角川書店　昭和四十九年）、「私の個人主義」は『夏目漱石全集　第十二巻』（同上）です。

各章末に付した注も、底本に拠りました。

本書には、今日の人権意識に照らして不適切と思われる表現がありますが、作品発表時の時代的背景と、著者が故人であるという事情に鑑み、そのままとしました。

小森陽一氏執筆部は、書き下ろしです。引用した夏目漱石作品の『文学論』は『夏目漱石全集　第十四巻』（同右）、『吾輩は猫である』は『夏目漱石全集　第二巻』（同上）、『草枕』は『夏目漱石全集　第三巻』（同上）、「点頭録」は『夏目漱石全集　第十二巻』（同上）に拠りました。

夏目漱石（なつめ・そうせき）
1867年生まれ。本名、夏目金之助。江戸牛込の生まれ。1893年帝国大学英文学科卒業。大学院へ進むとともに教職に就く。1900年、33歳の年に文部省留学生として渡英。帰国後、東京帝国大学にて「文学論」「十八世紀英文学」を講義する。朝日新聞社に入社してからは『三四郎』『門』『こゝろ』など、不朽の作品を残した。最後の小説となった『明暗』を未完のまま、1916年12月9日永眠。

小森陽一（こもり・よういち）
1953年生まれ。東京大学大学院総合文化研究科教授。専門は日本近代文学。なかでも、日本近代小説（表現論・文体論）、近代日本の言語態分析、現代日本の小説と批評。夏目漱石研究の第一人者として知られる。北海道大学文学部卒業、同大学院文学研究科博士課程修了。成城大学助教授を経て、現職。 主な著書に『日本語の近代』『ポストコロニアル』（岩波書店）、『漱石を読みなおす』（ちくま新書）。共著に『岩波新書で「戦後」をよむ』（岩波新書）など多数。

夏目《なつめ》漱石《そうせき》、現代《げんだい》を語《かた》る

漱石社会評論集《そうせきしゃかいひょうろんしゅう》

夏目《なつめ》漱石《そうせき》＝著　小森陽一《こもりよういち》＝編著

2016年 5月 10日　初版発行
2024年 10月 25日　3版発行

◆◇◇

発行者　山下直久
発　行　株式会社KADOKAWA
〒102-8177　東京都千代田区富士見2-13-3
電話　0570-002-301（ナビダイヤル）

装 丁 者　緒方修一（ラーフイン・ワークショップ）
ロゴデザイン　good design company
オビデザイン　Zapp!　白金正之
印 刷 所　株式会社KADOKAWA
製 本 所　株式会社KADOKAWA

角川新書
© Youichi Komori 2016 Printed in Japan
ISBN978-4-04-082078-1 C0295

※本書の無断複製（コピー、スキャン、デジタル化等）並びに無断複製物の譲渡および配信は、著作権法上での例外を除き禁じられています。また、本書を代行業者等の第三者に依頼して複製する行為は、たとえ個人や家庭内での利用であっても一切認められておりません。
※定価はカバーに表示してあります。

●お問い合わせ
https://www.kadokawa.co.jp/ （「お問い合わせ」へお進みください）
※内容によっては、お答えできない場合があります。
※サポートは日本国内のみとさせていただきます。
※Japanese text only

KADOKAWAの新書 好評既刊

忙しいを捨てる
時間にとらわれない生き方

アルボムッレ・スマナサーラ

日本人はよく「時間に追われる」と口にしますが、目の前にあるのは瞬間という存在だけ。時間とは瞬間の積み重ねに過ぎません。初期仏教の長老が、ブッダの教えをもとに時間にとらわれない生き方について語ります。

9条は戦争条項になった

小林よしのり

集団的自衛権の行使を容認する安保法制が成立し、憲法9条は戦争条項となった。立憲主義がないがしろにされるなか、国民はここからどこに向かうべきか。議論と覚悟なくして従米から逃れる道はないと説く警告の書。

気まずい空気をほぐす話し方

福田　健

「苦手な上司」「苦手な取引先」「苦手な部下」「苦手なお客様」「苦手なご近所さん」等々、苦手な相手とのコミュニケーションでは、「気まずい空気」になりがちだ。その「いや～な感じ」をほぐす方法を具体例で示す。

里山産業論
「食の戦略」が六次産業を超える

金丸弘美

「食の戦略」で人も地域も社会も豊かになる！　地域のブランディングを成立させ、お金も地元に落とせるのは補助金でも工場でもなく、その地の〝食文化〟である。それが雇用も生む。ロングセラー『田舎力』の著者が放つ、新産業論。

決定版　上司の心得

佐々木常夫

著者が長い会社人生の中で培ってきたリーダー論をこの一冊に集約。孤独に耐え、時に理不尽な思いをしながらも、勇気と希望を与え続ける存在であるために、心に刻んでおくべきこととは？　繰り返し読みたい「上司のための教科書」。

KADOKAWAの新書 好評既刊

文系学部解体
室井 尚

文部科学省から国立大学へ要請された「文系学部・学科の縮小や廃止」は、文系軽視と批判を呼んだ。考える力を養う場だった大学は、なぜ職業訓練校化したのか。学科の廃止を告げられながらも、教育の場に希望を見出す大学教授による書。

語彙力こそが教養である
齋藤 孝

ビジネスでワンランク上の世界にいくために欠かせない語彙力は、あなたの知的生活をも豊かにする。読書術のほか、テレビやネットの活用法など、すぐ役立つ方法が満載！ 読むだけでも語彙力が上がる実践的な一冊。

かんたん脳強化トレーニング！
脳番地パズル
加藤俊徳

効かない脳トレはもういらない。1万人以上の脳画像の解析からたどり着いた「脳番地」別の特製パズルを解くだけで、あなたの頭がみるみるレベルアップする！ 各メディアで話題の最新「脳強化メソッド」実践編の登場！

メディアと自民党
西田亮介

問題は政治による圧力ではない。小選挙区制、郵政選挙以降の党内改革、ネットの普及が、メディアに対する自民党優位の状況を生み出した。「慣れ親しみの時代」から「隷従の時代」への変化を、注目の情報社会学者が端的に炙り出す。

総理とお遍路
菅 直人

国会閉会中に行なった著者のお遍路は八十八カ所を巡るのに10年を要した。それは激動の10年。政権交代、総理就任、震災、原発事故、そして総理辞任、民主党下野まで。総理となった者は何を背負い歩き続けたのか。

KADOKAWAの新書 % 好評既刊

成長なき時代のナショナリズム

萱野稔人

パイが拡大することを前提につくられてきた近代社会が拡大しない時代に入った21世紀、国家と国民の関係はどうなっていくのか。排外主義や格差の拡がりで新たな局面をみせるナショナリズムから考察する。

真田一族と幸村の城

山名美和子

真田幸隆、昌幸、そして幸村の真田三代の跡を追い、幸隆が海野氏の血脈を継ぐ者として生を受けてから、幸村が大坂夏の陣で壮絶な最期をとげるまでの、およそ一〇〇年をたどる一冊。

習近平の闘い

中国共産党の転換期

富坂　聰

2013年、習近平は蔓延する官僚腐敗に対し「虎も蠅も罰する」と宣言した。大物（虎）も小物（蠅）も罰する、と。当初冷ややかに見ていた人民は、やがて快哉を叫ぶ。習近平は中国共産党の歴史を変えようとしていた。

ギャンブル依存症

田中紀子

ギャンブル依存症は意志や根性ではどうにもならない、「治療すべき病気」である。この病気が引き金となった事件を知り、私たち日本人は学ばなくてはならない。この国が依存症大国から依存症対策国へと変わるために。

傍若無人なアメリカ経済

アメリカの中央銀行・FRBの正体

中島精也

為替相場はFRBの政策次第。日銀やECBの政策がどうあろうと、FRBが動けば、その方向に為替も動くのが世界経済の仕組みである。日米欧のキーマンたちによる金融覇権争いの姿を克明に再現する。

KADOKAWAの新書 好評既刊

半市場経済
成長だけでない「共創社会」の時代
内山　節

競争原理の市場経済に関わりながらも、よりよき働き方やよりよき社会をつくろうとする「半市場経済」の営みが広がりはじめている。「志」と「価値観」の共有が働くことの充足感をもたらす共創社会の時代を遠望していく。

戦争と読書
水木しげる出征前手記
水木しげる
荒俣　宏

水木しげるが徴兵される直前に人生の一大事に臨んで綴った「覚悟の表明」。そこにあったのは、今までのイメージが一変する、悩み苦しむ水木しげるの姿。太平洋戦争下の若者の苦悩と絶望、そして救いとは。

図解　よくわかる測り方の事典
星田直彦

身近なものや形の「およその測り方」がわかる科学よみもの。高さ、距離、時間、速さ……豊富な図版と平易な解説で身の回りの「数字」がクッキリ立ち上がり、ものの見え方が変わる理系エンタテインメント！

現代暴力論
「あばれる力」を取り戻す
栗原　康

気分はもう、焼き打ち。現代社会で暴力を肯定し直し、〝隷従の空気〟を打ち破る!! 生きのびさせられるのではなく、生きよう。注目のアナキズム研究者が提起する、まったく新しい暴力論。「わたしたちは、いつだって暴動を生きている」。

野球と広島
山本浩二

広島には野球があり、カープがある。そして日本一のボールパークがある――。現役で五度、監督として一度の優勝を経験した「ミスター赤ヘル」が今だからこそカープに、そしてカープファンに伝えたいこと。

KADOKAWAの新書 ❦ 好評既刊

人間らしさ
文明、宗教、科学から考える

上田紀行

社会の過剰な合理化や「AI」「ビッグデータ」の登場により、ますます人間が「交換可能なモノ」として扱われている現在。どうすればヒトはかけがえのなさを取り戻すことができるのか？　文化人類学者が答えを探る。

日本外交の挑戦

田中　均

世界のパワーバランスが変容し、東アジアをはじめ地政学リスクが増している。今こそ必要なのは、正しい戦略を持った「能動的外交」である。時代の転換点を見続けてきた外交官による、21世紀の日本への提言。

1行バカ売れ

川上徹也

大ヒットや大行列は、たった1行の言葉から生まれる！　様々なヒット事例を分析しながら、人とお金が集まるキャッチコピーの法則や型を紹介。「結果につながる」言葉の書き方をコピーライターの著者が伝授する。

恐竜は滅んでいない

小林快次

いまや恐竜研究の最先端となった日本。その最前線に立つ気鋭の恐竜学者が、進化する科学的分析の結果明らかになった恐竜の驚くべき生態を紹介。「鳥類は恐竜の子孫だった」など世界が変わって見える事実が満載！

安倍政権を笑い倒す

佐高　信
松元ヒロ

権力者を風刺する毒のある物まねで、多くの知識人を魅了する芸人・松元ヒロと辛口ジャーナリスト佐高信が、積極的平和主義のかけ声のもと、戦前へと回帰しようとする安倍政権の矛盾や理不尽を、笑いによって斬る！